母亲的金手表

琦君 著

人民文学出版社

著作权合同登记号　图字 01-2021-1864

图书在版编目(CIP)数据

母亲的金手表/琦君著.—北京:人民文学
出版社,2015(2023.9重印)
ISBN 978－7－02－011234－0

Ⅰ.①母…　Ⅱ.①琦…　Ⅲ.①散文集-中国-当代
Ⅳ.①I267

中国版本图书馆 CIP 数据核字(2015)第 271218 号

责任编辑　朱卫净　陶媛媛
装帧设计　钱　珺

出版发行　人民文学出版社
社　　址　北京市朝内大街 166 号
邮政编码　100705

印　　制　山东新华印务有限公司
经　　销　全国新华书店等

字　　数　150 千字
开　　本　889 毫米×1194 毫米　1/32
印　　张　6.875
版　　次　2011 年 4 月北京第 1 版　2012 年 10 月第 2 版
印　　次　2023 年 9 月第 8 次印刷

书　　号　978-7-02-011234-0
定　　价　69.00 元

如有印装质量问题,请与本社图书销售中心调换。电话:010－65233595

母亲的金手表

代序
琦君：一生儿爱好是天然

　　琦君住在"水晶宫"的时候，我正每天乌烟瘴气地烧那煤球炉：先把一团报纸、几根竹篾点燃，投入几块相思炭 [1]，再把煤球放下去。然后扇呀扇呀扇呀，煮了稀饭煮干饭，炒菜炖肉，泡茶洗澡，全靠这一炉火。有时我技术不佳，一炉火烧几次，在火光照耀下就成了"浴火的凤凰"。但别以为琦君的"水晶宫"是个什么玲珑剔透的好地方，那原来不过是公家大楼地下室中的一间公共洗澡间，改造成宿舍，墙上布满了水龙头，地上常年泛潮，水龙头终年滴水。她有文学家的想象力，叫它"水晶宫"罢了。

　　她在"水晶宫"的年月写的是《一身飘零》，我则把"三只丑小鸭"当作写作材料。我们都向报纸的妇家版投稿。

　　有一天，我去主编的宿舍，在巷口看见一位穿黑白格子外套的女士。进去后，主编告诉我："写《一身飘零》的琦君刚刚走。"我说看见了，定是那位黑白格子。主编说，你怎么知道？我说，灵感嘛！三十多年来，琦君的模样、身材都没有变，我相信她如果拿出那时的旗袍，现在还能穿。我也老记得那天一瞥而过的苗条身影。

————————

　　① 台湾早期生产的木炭，炭形不规则，易碎，燃烧时味道较重。因环保问题，后来产量下降，现产量为龙眼炭（燃烧时味道较轻）的十分之一。（本书中注释，如无特别说明，均为简体版编者注，谨供读者参考。）

琦君离开"水晶宫"搬了多次家，我则钉在重庆南路三段没挪窝。好在她迁移的新址总离我家不远，我们因为谈得来，就时相往来。她有了孩子以后，周末常带孩子到动物园去玩，然后来我家。她对孩子说："我们到动物去看猴猴。"孩子总会跟一句："看林阿姨和猴猴。"

她来，我家女儿就会端茶拿瓜子，然后搬个竹凳坐在她膝下听潘阿姨说故事。我们年龄相仿，处于同时代，虽然在大陆时一南一北，但所读的书、所体验的生活是差不多的，因此有的是话题。只是她更勤于学问，又有好的国学根基，不是我这"大白话儿"所能比的。她故事多，说话又动听，多少年来，除了学生，还交了许多年轻朋友。她没有女儿，所以特别喜欢女孩，我家女儿们从小时候到现在做了母亲，一直都喜欢听潘阿姨聊天。当初，连我家的猫见她来了，都会跳上她的膝头，咕噜咕噜地睡大觉。她不嫌脏，一边摩挲着猫儿，一边侃侃而谈。古今文学的比较、李杜诗篇的讲解、家乡西子湖畔的风光，都让人听得出神。虽然她的童年充满了忧伤，但她总把最美好的写给少年读者，让孩子们读她的书开卷有益。

近年来，她的散文风行得不得了，大家都在争取出版她的散文集。她散文的风格，文字朴实无华，但在淡雅中可看出是经过细心琢磨的。她对于写作风格，喜欢引用《牡丹亭》里的两句词：

　　一生儿爱好是天然，却三春好处无人见。

　　　　　　　　　　　　　林海音（出自《英子的乡恋》）

目　录

卷一　水是故乡甜

水是故乡甜

此次经欧洲来美，一路上喝得最多的是矿泉水。因为其他各种五颜六色的饮料价钱既贵又不解渴，只有矿泉水喝起来清清淡淡中略带苦涩，倒似乎别有滋味。欧洲人都喜欢喝矿泉水，据说对健康有益，尤其意大利的矿泉水是出了名的。看他们一个个红光满面，体魄壮健，是否有矿泉水之功呢？

旅馆卧房的小冰箱里也摆有矿泉水，以便旅客随时取饮，价钱却不便宜。我灵机一动，从行囊中取出钢精杯①、锡兰红茶和一把电匙，插上电，将矿泉水倾入杯中煮开，冲一杯锡兰红茶来喝。香香热热的，可说是旅途中最悠闲舒适的享受了。

外子说矿泉水其实就是山泉，如果泡的是冻顶乌龙，就更有味道了。我一向不懂得品茶，在旅途疲劳中能有一杯自己现泡的热红茶，已觉如仙品般清香隽永了。

他啜着茶，想起故乡四川的山泉。那种山泉，随处都有，行路之人渴了，就俯身双手从溪涧中捧起来喝个足，哪里像现在文明时代，竟一瓶瓶装起来卖钱呢？俗语说得好："人穷志不穷，家穷水不穷。"这话我最听得进，因为我故乡的水就有三种，河水、井水、山水。山水是长工每天清早去溪边一桶桶地

---

① 二十世纪七八十年代流行的家用铝制品，成分为铝合金，在铝的表面形成氧化膜，阻碍铝的氧化，可长期使用。

挑来，倾在大水池中备饮食之用；洗涤多用河水。母亲因长工挑山水辛苦，便叫聪明灵巧的小帮工用一根根长竹竿连接起来，从最靠近屋子的山边引来极细小的一缕清泉，从厨房窗外把竹竿伸入，滴在一口小缸中。这才是涓涓滴滴的源头活水，一天接不了多少。母亲只舀来做供佛的净水，然后泡茶给父亲喝 [①]。"喝这样清的山水，又是供过佛的，保佑你长生不老。"母亲总是这么说。那时泡的茶叶，除了家乡的明前茶、雨前茶之外，还有从杭州带回的龙井茶。父亲品着茶，常常说："龙井茶一定要用虎跑水来泡才香，才地道。"母亲不以为然地说："在哪里生长的人，就该喝哪里的水。要知道，水是故乡的甜。"母亲还说："孩子们多喝家乡的水，底子厚了，以后出门在外，才承受得住异乡的水土。"

事实上，母亲非常爱喝虎跑水泡的龙井茶。不过她居住在杭州的时日不多，平时又很少外出，我们出去游玩，她常捧个大玻璃瓶给我，说："舀点虎跑水回来。"我马上接一句："供佛后喝了，长命百岁。"母亲高兴地笑了。

现在想起来，虎跑水才是真正的矿泉水。那时曾做过实验，装一碗满满的水，把铜元一个个慢慢丢进去，丢到十个铜元，碗口的水面涨得圆鼓鼓的，却不会溢出来。因为它含的矿物质比重很大，所以喝虎跑水一定是有益健康的。

父亲旅居杭州日久，非常喜欢喝虎跑水烹龙井茶，但喝着喝着，却又念念不忘故乡的明前茶、雨前茶和清冽的山泉。他

---

① 琦君的父亲潘国纲（1882—1938），字鉴宗，1902 年中秀才，后任江北督练公所委员。1906 年入保定北洋陆军学堂，与蒋介石、孙传芳等为校友。1911 年入保定陆军军官学校，曾任国民革命军浙江督署陆军中校参谋，第六师上校团长、参谋长，第二师四旅少将旅长，第一师师长。1923 年通电下野。1924 年晋升上将。抗战爆发后回故里闭门养病，后病逝于此。

也思念邻县雁荡山的茶、龙湫的水，真是"人情同于怀土兮，岂穷达而异心"①。父亲晚年避乱返故乡，又得饮自家屋子后山直接引来的源头活水，原该是心满意足的，但他居魏阙而思江河②，倒又怀念起杭州的龙井茶与虎跑水来，实在是因为当时第二故乡的杭州正陷于日寇之故吧。

我们这回在欧洲，一路饮着异乡异土的矿泉水，行旅匆匆，连心情都变得麻木了。到了德国的不来梅，特地去探望数十年未晤面的亲戚。亲戚兴奋地取出最上品的龙井茶款待我们，问他是台湾产品吗？他说是真正从杭州带出来的茶叶，是一位亲人离开大陆时带给他，以慰他多年乡愁。我本来不辨茶味，那盏龙井的清香却是永远难忘。我们说起欧洲人喜欢喝矿泉水，他笑笑说，台湾阿里山、日月潭、苏澳的冷泉不就是最好的天然矿泉水吗？

他这话倒使我想起早期台湾有一种小小玻璃瓶装的弹珠汽水，瓶口有一粒弹珠，用力一压，弹珠落下去，汽水就喷出来。味道淡淡的，不像后来的汽水那么甜而不解渴。我因为爱"弹珠汽水"这个名称以及开瓶时把弹珠一压的那点儿情趣，所以很喜欢买来喝，他常笑我犯幼稚病。后来时代进步了，黑松汽水和各种饮料充斥市面，哪里还找得到弹珠汽水的影儿呢？但我脑海中总时常盘桓着弹珠汽水瓶那副脖子短短的笨拙样子，尤其是早年在苏澳游玩时喝的那一瓶。

台湾这许多年来，制茶技艺愈来愈精进，无论清茶、香片、龙井等都名闻遐迩，尤其是南投溪头的冻顶乌龙，更是无与伦比。旅居海外多年的侨胞总不忘带产自台湾的各种茗茶，自饮

---

① 出自汉代王粲《登楼赋》。
② 出自《庄子·让王》："身在江海之上，心居乎魏阙之下。"

之外，更分飨友好。尽管用以沏茶的水不是从故乡来的，但只要是故乡的茶叶，喝起来也会有一股淡淡的甜味吧。

有一次，我们在美国的友人家做客，她细心地问我们要喝哪一种茶，香片、龙井、乌龙都有。他是什么茶都喜欢；我则想了半天，问她："你有没有矿泉水？"她大笑说："你怎么这么特别？大家都喝热茶，你却要喝矿泉水。"我只好说因为胃酸过多，喝茶不相宜。其实我是想起了在欧洲时喝的矿泉水多少还有点故乡山泉的味道，不知美国的矿泉水是不是差不多；我也想试试自己能不能像母亲当年说的，喝过本乡本土的水，有了深厚的底子，就能承受异乡的水土了。

美国人爱喝各种果汁，大概只有减肥或特别注意健康的人才喝矿泉水。但不知超级市场里大瓶大瓶的矿泉水究竟是人工的还是天然的，如果是天然的，却又取自何处深山溪涧呢？实在令人怀疑。

说实在的，即使是真正的天然矿泉水，饮啜起来，在感觉上，在心情上，比起大陆故乡的水和安居三十多年的第二故乡台湾的水，能一样地清冽、甘美吗？

1984 年 1 月 19 日

猫 债

　　小时候在家乡，每天只要读完书被老师放出来，就到厨房的灶下柴堆里抱起小猫，唱着歌儿，东走西走。有一次，走近有洁癖的五叔婆身边，她大喊："走开走开，你跟小猫一样，身上的跳蚤有一担。"我马上觉得浑身奇痒，放下小猫，缠着母亲给我捉跳蚤。忙着做饭炒菜的母亲哪有时间呢？努努嘴说："到廊前太阳底下晒暖的外公那儿去，他会给你捉。"我说："外公老了，手指头不灵活，捉不到跳蚤。"就这么缠着，一不小心，碰倒了一张条凳，那沉重的木板恰巧切中在地上趴着的小猫的脖子上，它立刻惨叫起来，痛苦地蹦弹起一尺多高，蹦弹了好几下，倒在地上，气绝而死。我惊骇得大哭起来。五叔婆说："一条猫九条命，这下子看你怎么还得了这笔债！"我心里既害怕，又伤心，看看五叔婆脸上那副表情，不知怎地越来越生气，忽然直起脖子，冲着她喊："你这个老太婆，我好讨厌你！你走，不要你在我家。"

　　"啪"的一下，母亲以一记巴掌，重重地掴在我的嘴巴上，命令道："给我跪下。"我一时吓呆了。因为母亲从不打我，尤其从没叫我跪过。她因为我触犯五叔婆，这样惩罚我。我满心忿怒与委屈，不顾一切地奔出厨房，正好看见外公慢慢走过来，就一头钻进他怀里，昏天黑地地大哭起来。外公轻轻拍着我，等我哭够了，在我身边小声地说："去向五叔婆赔个不是。你太没有规矩了，所以惹妈妈生气。五叔婆比你妈妈还长一辈，跟外公同辈呀。"

我只好抹着眼泪，怯怯地走回厨房，只见母亲沉着脸，五叔婆坐在凳子上咒骂自己不孝的儿女害她受气，怨自己命苦。形势这样严重，我真是好害怕。想想小猫被我压死了，五叔婆不喜欢我，妈妈又狠狠地打了我一巴掌，连外公都说我错了，我做人还有什么意思？真恨不得掉头就跑，跑到后山的尼姑庵里躲起来，躲上几天几夜，看他们急不急。但是又想起妈妈为我蒸的中段黄鱼还香喷喷地闷在饭锅里，本来说好我吃黄鱼肉，卤汁拌粥给小猫吃。现在小猫死了，我肚子仍然很饿，一个人跑到尼姑庵里，尼姑会给我饭吃吗？不和大人一起去，尼姑是不大会理我的。左思右想，还是待在家里好。我只好像爬虫似的拖着双脚到五叔婆面前，抽抽噎噎地说："五叔婆，别生气，我下回不敢了。妈妈已经打了我，我会永远永远记得的。"说着说着，忍不住眼泪扑簌簌掉下来。五叔婆大声地说："我是好心，劝你不要玩猫。畜生是前世作了孽，投胎做一世苦命的猫，算还了孽债。你把它弄死了，害它还要再转一世猫，就欠它的债了。"听得我打起哆嗦来。母亲连忙把我拉过去，用热毛巾擦了我的脸，温和地说："我已经念了经，把小猫埋了，你放心吧。现在跟外公去谷仓门前晒太阳，吃晚饭时会叫你。"

我和外公靠着谷仓门边的稻草墙坐着，后门开在那里，深秋的寒风从门外阵阵地吹进来，院子里枯黄的树叶在地上沙沙地卷来卷去。太阳偏西了，蛋黄色的光照着外公满是白胡须的苍老容颜。我忽然觉得这个世界好荒凉、好冷清。外公老了，我还这么小。我把双手伸进外公旧棉袄的大口袋里，嗳嚅地问："外公，小猫是我压死的，五叔婆说一条猫有九条命，我真的会欠它的债吗？"外公说："你不是存心杀它的，小猫不会恨你的。你妈妈已经念了《往生咒》，菩萨会超度它的。"我又迫切地问："它还会投胎做猫吗？"外公笑笑说："我想不会了。它这么小就死了，早早了结孽债，倒也好。"我还是很害怕地问："那么，我会不会有孽债呢？"外公把我搂得紧紧地说："你放心，只要你端端正正做人，心肠好，什么孽债都会消除的。往后不要再想小猫的事了。"

太阳已经下山，外公牵着我的小手走回厨房。母亲已经把热气腾腾的饭菜摆在桌子上，中段黄鱼摆在我的面前，外公面前是鸡蛋蒸肉饼。这样好的菜，而且我肚子好饿，可是在吃黄鱼卤汁拌饭的时候又不禁想起可怜的小猫。我在心里默默地祈祷："小猫，你知道我是爱你的，原谅我的粗心大意吧。从今以后，我一定要好好看顾所有的猫。做一世猫很苦，这里面也许有你再投胎的呢，我一定要好好待你啊。"

我跪在长凳上喃喃地自语着，外公和母亲慈祥地看着我。这幅情景，时时出现我眼前。

童年时对猫许下了这样的心愿，可是长大后由于生活环境不时变动，一直无法养猫。到了台湾很多年后才开始养猫，可是竟没有一只猫得享天年。如今一件件追忆起来，心中好难过，难道我真的欠猫一辈子的债吗？

1983 年岁暮于新泽西州

不放假的春节

"今年春节，公司不放假。"他早几天就告诉我了。我总是想，说说罢了，到时候还是会放的，一年一度，中国人的大节嘛，犹太人不是什么节都放假吗？可是到了除夕早上，他还是一本正经地对我说："今天下午，我仍照常在七点左右到家。"我不甘心地问："真的连半天假都不放呀？中秋节都放半天呢。"他说："中秋节不一样，放半天就只是半天。但除夕如果放了，第二天是初一，放不放就为难了，所以索性根本不放假，入乡随俗呀。况且公司的业务要紧，我们老板还出差去，年初一都不在家呢。"

我已经没心思听他的大道理了，只睁大眼睛望着窗外。路边的积雪堆得高高的，天空却是一片晴朗，没有一丝儿雪意。倒真盼望忽然下起大雪来，像上次似的，电台电视一预报将有大风雪，为了安全，他们就提前下班了。可是今天不会下雪，他非得天黑才到家了。

其实年节对我这样岁数的人来说，本来已很淡薄。在台北时，每到过年，心情反而很沉重，总像被硬拖着跨过年关似的。嘴里说着"恭喜"，心里却丝毫没有喜的感受，只觉得年里年外那几天好难捱。如今身在异乡，过着没年没节的日子，省得烦心，岂不更好呢？可是看他提着公事包顶着凛冽的风霜出去开车的蹒跚背影，总觉得他这样地奔波，连大除夕、年初一都没有休息，真是何苦？

目送他车子远去，环视屋外光秃秃的新栽小树和披着残雪的矮灌木，没有丝毫年景，只有一片荒凉、冷清，真叫人凉到心底。想想台北此时巷子里儿童嬉戏的喧哗声、此起彼落的鞭炮声，总给人一份热闹与温暖吧，为什么要在此度过冷冷清清的年呢？

一个没有假期的新年，这一生倒是第二次。第一次是五十多年前，我读初中二年级的时候。

那时因为政府厉行国历，通令全国机关学校，农历年不得放假。学校的寒假本来是包含农历年的，为了非上课不可，只得把寒假切成两段：大考完毕先放十二天假，放到农历十二月二十三日送灶神那天回校上课，上到初六再放假十二天，总算让你过个灯节。

记得那一年，杭州也是大雪纷飞。我家离学校极近①，本来五六分钟就到达，可是那天心不甘、情不愿地足足走了二十多分钟，拖行到学校里，大部分同学都迟到了。一进课堂，教英文课的美籍老师已经笑嘻嘻地在讲堂上等我们了，平常她是绝对不许迟到的，可是大年初一那天，她特别宽容。等大家坐定，她说了一声"Well（好）"，然后用流利而发音不准的杭州话说："恭喜恭喜，大家放（发）财。"我们齐声说："我们不要放财，我们要放假。"她笑笑说："我也很想放假，但是你们的政府不准放假。好，今天我们不讲课文，来讲古（故）事好不好？""好。"大家高兴起来了。

于是老师讲了个故事：

----

① 潘家在杭州位于教仁街36号，也称杭州潘宅，建于1929年。

我做小孩的时候，家境并不宽裕。爸爸是牧师，妈妈是护士，他们省吃俭用，积蓄点儿钱，准备新年假期出外旅行。我们小孩子当然好兴奋，早几天就把自己小小的旅行箱整理好了。谁知就在除夕那天①，邻居的孩子得了急性肺炎，要立刻送医院。他们比我们更没钱，于是我父母亲就把打算去旅行的钱全部给了他们，我妈妈还去医院照顾，连饭都没回来做。我觉得很寂寞，很不开心。爸爸捏着我的手，温和地对我说："你应该庆幸自己身体健康，才能够蹦蹦跳跳地玩。想想你的朋友躺在床上发高烧，多么不舒服，他的父母又是多么担忧。我们的朋友有困难时，我们应该在他旁边多多帮忙，不应该只想到自己的享受。这就是同情心，你懂吗？"我虽然点点头，但实在半懂不懂，因为我仍然很懊恼不能出去旅行。不久，邻居孩子的病好了，我去看她。她比我大两岁，我们本来就是好朋友。她把我的手拉过去，从床头拿出一样东西，放在我的手心里说："这是我自己用木头雕的小马，送给你做纪念。谢谢你爸爸妈妈对我这么好。"她说话时眼中满是泪水，我也感动得流下泪来。那时，我才知道自己过了一个真正快乐的新年。这只可爱的小马，我一直宝爱地收藏着。今天我给你们讲这个故事，也特地把这份小礼物带给你们看。

　　老师从口袋里摸出用锦盒装着的小木马，给全班传看。因为时常抚摸，木马已变成深红色，正显示无比深厚的友情。我们都深深感动了。老师又告诉我们，她这位朋友是孤儿院院长，终生为贫寒儿童服务，过得健康而快乐。

---

　　① 此处为借用中式说法，实为西方新年假期的前一天。

老师最后回到书本上，说："《小妇人》里的四个姊妹抱怨圣诞节没有礼物，抱怨工作辛苦。她们的母亲劝她们要多多想到更困苦的人。这是开头的一章，你们记得吗？"

　　由于老师的一席话，我们顿觉整个屋子都温暖起来。下课后，班长提议大家捐出压岁钱中的一部分，送到青年会，转给孤儿院。大家一起举手赞成。叮叮当当的银元角子，一下子就捐了一大袋。我们又把口袋里的糖果掏出来交换吃，边吃边唱。我们过了一个不放假的快乐新年，而且觉得不放假反而好，因为只有在学校里才有这许多的朋友一同玩乐，一同吃糖果，还听老师讲了那么好的故事，使我们多多少少懂得，什么才是真正的快乐。

　　时隔半个多世纪，如今追忆起这段往事，想想自己活了这一大把年纪，心胸反不及十几岁时宽广、知足。只不过少放了两天假，竟像是一生只吃了这一次大亏，闷闷不乐。扪心自问，这把年纪岂不白活了？

　　惭愧了一阵，心情反而开朗了。他于暮色苍茫中回到家时，我已经把祭祖的菜肴与年糕 ①、水果等整整齐齐摆在桌上了。

　　能平平安安过年就好，不要抱怨，不要忧愁吧。

1984 年 2 月 18 日

----

　　①　琦君祖籍永嘉，当地过年的风俗是于除夕当日摆设香案，以供品祭祖。其中，年糕是必备主食之一。

母亲的金手表

　　母亲那个时代，没有自动表、电子表这种新式手表，就连一只上发条的手表，对一位乡村妇女来说，都是非常稀有的宝物。尤其母亲是那么俭省的人，好不容易，父亲从杭州带回一只金手表给她，她真不知怎么宝爱它才好。

　　那只圆圆的金手表，以今天的眼光看，是非常笨拙的，可是那个时候，它是我们全村最漂亮的手表。左邻右舍、亲戚朋友到我家来①，听说父亲给母亲带回一只金手表，都会想看一下，开开眼界。母亲就会把一双油腻的手在稻草灰泡出来的碱水里洗得干干净净，才上楼去从枕头下郑重其事地捧出那只长长的丝绒盒子，轻轻地放在桌面上，打开来给大家看，然后眯起（近视眼）来看半天，笑嘻嘻地说："也不晓得现在是几点钟了。"我说："您不上发条，早就停了。"母亲说："停了就停了，我哪有时间看手表？看看太阳晒到哪里，听听鸡叫，就晓得时辰了。"我真想说："妈妈不戴，就给我戴。"但我不敢说，因为知道母亲绝对舍不得。只有趁母亲在厨房里忙碌的时候，才偷偷地去取出来戴一下，在镜子里左照、右照一阵，又脱下来，

　　---

　　① 潘家在永嘉位于瓯海区瞿溪镇。1921年，潘鉴宗在该镇兴建大型宅园潘宅，购良田800余亩。宅第占地17亩，历时四年建成，其豪华为温州私宅之最。现为琦君文学馆。

小心放好。我并不管它的长短针指在哪一时、哪一刻，跟母亲一样，金手表对我们来说，不是报时，而是全家紧紧扣在一起的一种保证、一份象征。我虽幼小，却完全懂得母亲宝爱金手表的心意。

后来我长大了，要去上海读书。临行前夕，母亲泪眼婆娑地要把这只金手表给我戴上，说读书赶上课要有一只好的手表。我坚持不肯戴，说："上海有的是既漂亮又便宜的手表，我可以省吃俭用买一只。这只手表是父亲留给您的最宝贵的纪念品啊。"那时父亲已经去世一年了。

我是流着眼泪婉谢母亲这份好意的。到上海后不久，我就由同学介绍熟悉的表店，买了一只价廉物美的不锈钢手表，每回深夜伏在小桌上写信给母亲时，就会看着手表，写下时刻。我写道："妈妈，现在是深夜一点，您睡得好吗？枕头底下的金手表，您要时常上发条，不然的话，停止摆动太久，它会生锈的哟。"母亲的来信总是由叔叔代写，她从不提金手表。我知道她把它默默地藏在心中，不愿意对任何人说。

大学四年中，我知道母亲身体不太好。但她竟然得了不治之症，我一点都不知道。她生怕我读书分心，叫叔叔瞒着我。我大学毕业后留校工作，用第一个月的薪水买了一只手表，要送给母亲，也是金色的，不过比父亲送的那只江西老表要时新多了。

那时正值对日抗战，海上封锁，水路不通。我于天寒地冻的严冬，千辛万苦从旱路赶了半个多月才回到家中，只为拜见母亲，把礼物献上，没想到她老人家早在两个月前默默地逝世了。

这份椎心的忏悔，实在百身莫赎。孔子说："父母在，不远游。"[①] 我不该在兵荒马乱中离开衰病的母亲远去上海念书。她

---

① 出自《论语·里仁》。

挂念我，却不愿我知道她的病情。慈母之爱，昊天罔极。几十年来，我只能努力地好好做人，但又如何能报答亲恩于万一？

我含泪整理母亲的遗物，发现她最宝爱的那只金手表无恙地躺在丝绒盒子中，放在床边抽屉里。指针停在某个时刻，但绝不是母亲逝世的时刻，因为她平时并不记得给手表上发条，更何况是在沉重的病中。

手表早就停摆了，母亲也弃我而去了。有很长一段时间，我不忍心去上发条拨动指针，因为那毕竟是母亲在世时，它为她走过的旅程、记下的时刻啊。

没有了母亲以后的那段日子，我恍恍惚惚地，只让宝贵光阴悠悠逝去。每天二十四小时，竟不曾好好把握一分一秒。有一天，我忽然省悟：徒悲无益，这绝不是母亲隐瞒病情、让我专心完成学业的深意。我必须振作起来，稳定步子向前走。

于是我抹去眼泪，取出金手表，上紧发条，拨准指针，把它放在耳边，仔细听它柔和、有韵律的滴答之音——仿佛慈母在对我频频叮咛，我的心也渐渐平静下来。

我把从上海为母亲买回的表和它放在一起。两只表都很准，不过都不是自动表，每天都得上发条；有时忘记上，就会停摆。

时隔四十多年，随着时局的紊乱和人事的变迁，两只手表历尽沧桑，终于都不幸地离开了我的身边，不知去向。

现在我手上戴的是一只普普通通的不锈钢自动表，式样简单，报时还算准确。但愿它伴我平平安安地走完以后的旅程吧！

去年我过生日时，外子为我买来一只精致的金表，是电子表。他开玩笑说我性子急，脉搏跳得快，表戴在手上一定也愈走愈快；而且我记性不好，一般的自动表，脱下后忘了戴回去，过一阵子就停了，再戴时又得校正时间，才特地给我买这只电子表。几年里都不必照顾它，也不会停摆，让我省事点儿。他的美意，我真是感谢。

自动表也好，电子表也好，我时常怀念的还是那只失落了的、母亲的金手表。

有时想想，假如时光真能随着不上发条就停摆的金手表停住，该有多么好！

　　　　　　　　　　母亲的金手表

鞋不如故

走在衡阳街或西门町，连排的鞋店门前堆得满坑满谷，各式各样的廉价皮鞋会看得你眼花缭乱。你只要有兴趣，伸出脚来随便套上试试，很可能就会随便买一双回来。可是穿不了多久，就会感到极不舒服，皮鞋也变得七弯八翘的，走了样，只好叹口气搁在一边。扔掉吧，有点舍不得；穿吧，脚太受罪。好在才一两百台币，也就不太心疼。下次再经过这种鞋店，又会驻足而视，又会再买一双。于是这种上当皮鞋愈堆愈多，如果清理一下，发现四季皮鞋可以开个小型鞋店了。这就是想俭省却造成的浪费了。

想起我中学时的周校长一年只换两双皮鞋，春夏一双，秋冬一双；鞋后跟永远平平正正，皮鞋面永远擦得雪亮，和她光可鉴人的短发恰成呼应。那时杭州最贵族的皮鞋店是拔佳①出品，只要她"蹬蹬蹬"地自远而近，我们就"嘘"一声说："别出声，拔佳来了。""拔佳"成了她的专有代名词。我时常望着她那双踩在半高跟鞋上高贵的脚，羡慕地想："等我高中毕了业，当了大学生，第一件事就是买一双拔佳高跟皮鞋，神气一下。"

可是高中毕业以后，吵着要母亲买拔佳皮鞋时，母亲却说：

---

① 1894 年诞生于捷克的皮鞋品牌 Bata，此处应指当时杭州的进口鞋店。

"什么八家、九家的，太贵了。你大学毕了业，挣了钱自己买。"我有点生气，觉得自己好命苦，想想童年时在家乡左盼右盼，盼到一双从城里买来的皮鞋，外公说皮鞋是下雨天才穿的，于是一个大台风天，我穿上新皮鞋去踩水，一下子泡得像龙船似的，两头翘起，嘴巴张开。新皮鞋马上报销，我还挨了母亲一顿训。从那以后，只好一直穿母亲亲手做的布鞋，再也不敢梦想穿皮鞋了。好不容易高中毕业，仍旧不能穿好皮鞋，当然感到很委屈，嘟着嘴，却听母亲又讲起鞋子的故事：

"你爷爷上京赶考时，身边只有两块银洋和奶奶亲手做的一双新布鞋。布鞋收在包袱里，脚上穿的是草鞋。赶着旱路，到了旅店里，洗了脚，才把布鞋套上，小心地踩在地板上，连石子路都不敢走，生怕把鞋底踩破。只这一双布鞋，去京城一趟来回，还是崭新的。哪像你这丫头一个月要穿破一双鞋呢？"

母亲这个故事已经讲过好几遍了。我边听边望着自己脚上一双土里土气的鞋子，永远是黑布面，五彩丝边滚鞋圈，"人"字形的尖口，难看死了。有一次，一个城里来的小贩背着一篓鞋子来卖，在我家天井里摆开来，五花八门，各种花色式样都有。我跳着脚一定要买，母亲理也不理，疼我的姑婆从贴肉口袋里掏出四枚银角子，叫我自己拣一双。卖鞋的小贩说，四枚银角子只能买最简单的式样。我只好拣了一双小小鸭舌头、水绿色闪光花缎的平底鞋，可是套在脚上很不舒服，原来两只鞋底全是朝右边的。小贩说，批出来时弄错了，才便宜点儿卖，不然要六毛钱呢。我只好忍痛买了穿上。第二天正好有庙戏，我穿了亮晶晶花缎新鞋神气地走在小镇的街上。红桥头的阿菊笑我两只鞋朝着一个方向，走路越走越弯，气得我只想哭。阿荣伯笑嘻嘻地说："右边是顺手，统统顺手，一生都顺顺当当，怎么不好？"顽皮的四叔说："你就对阿菊说，我一口气买了两双，今天穿的全是向右的顺脚，何必回家换呢？换了也一样，因为家里那双是全部向左的呀。"他边说边大笑，我半天才懂，也露出缺牙笑了。

阿荣伯也给我讲了个故事：有一双鞋子被主人穿了三年，鞋面和后跟都破了，只好当拖鞋；又拖了三年，实在破得拖都没法拖了，再用大拇趾和边上的脚趾夹了拖三年。一双鞋穿了九年，鞋子被虐待得生气了，到阎王老爷那儿去告状。阎王说，告状必须有证人。鞋子说："和我同甘共苦的袜子可以作证。"阎王传来袜子，袜子说："穿三年、拖三年的事，我都知道。最后夹三年的时候，我已经由袜子升官为套裤（古时候男人穿的简便裤子），远离鞋子，所以不接头了。"阎王一拍惊堂木说："一双鞋子穿九年，袜子还可升官做套裤，鞋子却尸骨无存，未免太凄惨。"传令鞋主，"姑念你为了俭省，才虐待了足下的鞋子，以后应当适可而止。穿三年、拖三年也就差不多了，千万不许再夹三年。"

阿荣伯的故事比母亲讲的爷爷那个故事有趣多了，所以我一直记得。如今每回想起来，就会对着大堆的半新旧皮鞋泛起暴殄天物的罪孽感；又想起童年时代那双全部朝右边的闪光花缎鞋，也就觉得现在脚上穿的左右分明的皮鞋十分地舒服了。

说来说去，鞋子还是穿旧了的舒服，不然的话，为什么尽管皮鞋店这么多，街角修理皮鞋的工匠的生意仍旧非常兴隆呢？

下雨天，真不好

　　我原是个非常喜欢下雨天的人，很多年前就曾写过一篇小文《下雨天，真好》，怀念小时候雨天里许许多多好玩的事儿。如今已偌大年纪了，每逢下雨天，心头就溢漾起童年时的温馨欢乐；而且在下雨天，我读书与工作的效率也似乎比较高。

　　我的书房后窗紧邻一家眷舍，每逢下雨天，哗哗哗的牌声即起，杂以惊呼声、抱怨声，声声入耳。起初很厌烦这种噪声妨碍我工作；渐渐地习以为常，觉得雨声与牌声倒也相和；加上我自己家地下室的蓄水池不时传来叮叮咚咚的滴水声，确实给人一份静定的感觉。我曾自嘲地作了两句打油词："幽斋何事最宜人？听水，听牌，听雨。"也算是附庸风雅的自我陶醉吧。

　　今年开春以来，天气有点反常。从农历春节至今，真个是"十日九风雨"①。打过雷，雨仍绵绵不断；气象预测该放晴的日子，太阳却只露一下脸就躲回去了。害得权威的气象专家都手足无措，没了主意，进行气象预报时，都不便作十二分肯定的断语，而要保留地加上"可能"或"希望"，以免受到社会大众的责难。据说梅雨季还没来，如果这个"非梅雨"持续下去，就跟梅雨季连上了，那才真要感叹"今岁花期消息定，只愁风

――――――――――

　　①　出自辛弃疾词《祝英台近·晚春》。

雨无凭准"①了。

下了这么多日子的雨，连我这个爱雨人也不免要说一声"下雨天，真不好"了。这岂不是"种了芭蕉，又怨芭蕉"②的反复心理吗？想想做天公的若要迎合下界凡人心理，该有多难？

其实呢，我一点儿也不腻烦下雨天，雨下得再久，都不忍心抱怨。我之所以要说"下雨天，真不好"，是因为想起小时候雨天带给大人们的种种困扰。

先说农家晒谷子，就希望一连几个大晴天，千万别下雨。好不容易把一簟簟③的谷子摊开来，用竹耙子耙得匀匀的，若忽然一阵大雨来临，那许多簟的谷子，就算有多少双手也来不及收拨，只好把簟子折过来半边，盖住谷子。可是雨一直不停，眼看谷子渐渐湿透，一粒粒从篾簟边漂出来。我站在廊下愣愣地看，心里有点着急，因为母亲直念："菩萨保佑，雨不要再下了，不要再下了。"老长工阿荣伯直叹气，却又不敢抱怨天，因为若怨了天，只怕想要雨的时候，雨又不来了。谷子泡得那么湿，只好堆在两边走廊上。每天早上，只要一出太阳，就一箩箩挑到广场上晒；下午一听到雷声，就赶紧收。有时一阵乌云密布，待把谷子都收进去了，忽又云开见日，似乎天老爷喜欢和农夫们开个小玩笑，捉弄他们一下。在如此把谷子挑进挑出、收收拨拨的忙碌中，我这个淘气的小人儿心里反而很兴奋，只是不敢说出来，每回帮阿荣伯把谷子耙开时，都要仰着脖子看看天色，再问："阿荣伯，下半天会不会下雨呀？"阿荣伯很生

---

① 出自辛弃疾词《蝶恋花·戊申元日立春席间作》。
② 出自清代蒋坦《秋灯琐忆》。
③ 晒谷子的大垫子。

气地说："不要多嘴，去跟你妈妈念《太阳经》去。"又叹一口气说："这样湿的谷子，一连晒十个日头都不会干。"偏偏只要下了一场阵雨，就会连下三天。谷子堆在廊下，渐渐长霉菌了。霉菌是绿色的，包在谷子外面，像一粒粒的绿豆。阿荣伯趴下去把它们捡出来，否则会越长越多。这件工作，我自然是最最喜欢做的，请来左邻右舍的小朋友一起捡霉菌谷子。母亲却称它为"面"。捡出来一钵钵的"面"，母亲舍不得扔掉，而要送给鸡鸭吃。她说"面"是酒料，是补的，鸡鸭吃了会多生蛋。

"捡面"实在是一件好玩的事。我们一大群孩子在谷堆里名正言顺地爬来爬去，比赛谁捡的最多。"面"愈多，捧给母亲和阿荣伯，他们愈发愁，我们却愈开心，觉得下雨天究竟是好玩的，因为谷子会多生"面"呀。

至于父亲，他不像母亲那样关心谷子的事。他关心的是书。书要赶在三伏天太阳最猛烈的时候晒，可是三伏天偏偏又是阵雨最多的日子。父亲是读书人，又在外面做官多年，农家早晚看天色的经验，他是没有的，所以一到要晒书的日子就要问母亲或阿荣伯：今天天气如何？母亲就得意地念起来："早上云黄，大水满池塘。晚上云黄，没水煎糖。"意思是说，大清早太阳出来得太快，把云都照得黄黄的，反而会下雨。下半天太阳下山了，如果满天都是金黄的云，第二天一定是个大晴天，父亲就可以晒书了。

晒书可是一件大事哟。筷箪要打扫得干干净净，地上有一丁点潮湿都不行。所以若头天下过雨，第二天就不能晒书。要晴过一整天以后，大清早，天上一丝儿云影都没有，热烘烘的太阳把水门汀和石板地都晒得烫得冒烟了，才能把书搬出来，一本本平铺在筷箪上；再压上一条条特制的木棍，以免被风吹动。晒一阵子，就要翻一面。在如炙的烈阳下，即使戴着笠帽，

下雨天，真不好

站起蹲下的，也会汗流如雨。这件辛苦的工作哪里有站着一点不吃力地用竹耙耙谷子好玩？所以我总是尽量地躲开，能不被抓差最好。长工们一听说老爷要晒书就头大，因为广场要他们打扫，竹簟要他们背出来摊开。搬书出来的事倒不归他们，因为他们不认得字，父亲怕他们会把卷数、次序搞乱；可是万一下起阵雨来，却非靠他们腿长手快不可。所以晒书的日子，长工们更怕下雨，他们边搬边问我父亲："老爷，这些都是什么书呀？您这样宝贝。"父亲说："都是经呀，有的是菩萨的经，有的是圣人的经。"他们不大相信地说："什么'金'呀？买不了田地，当不了饭吃，年年晒一通，多麻烦。菩萨有灵，就该保佑晒书的日子不下雨才好。"说得父亲哈哈大笑。

长工们都认为阿荣伯和照顾花木的阿标叔都是半个"读书人"，常常拿起《三国演义》来一个字一个字地念，念不来的字跳过去，意思还是有一点点的，所以他们总是怂恿阿荣伯和阿标叔多帮着晒书。父亲也确实信托勤恳负责的他俩。他们照着我的老师的指点，谨慎小心地把书一叠叠搬出，铺开来。我呢？怕晒太阳，多半坐在廊下石鼓上合掌念《太阳经》。念一卷，抬头看看天，只要一看见云层有点厚起来，云脚长毛了，就连声喊："要落雨啦，要落雨啦。"一副惟恐天下不乱的心理。大我四岁的二叔是个书背得很多、满腹经纶的小先生。晒书的时候，他倒是真有兴趣，在旁边走来走去。无论拿到什么书在手，他都会讲一点书里面的故事或写书人的来历，我们都听得津津有味。说到怕下雨，他忽然琅琅地背起苏东坡的《喜雨亭记》来。这是老师刚教过我的，我只记得几句："五日不雨可乎？曰，五日不雨则无麦。十日不雨可乎？曰，十日不雨则无禾。无麦无禾，岁且荐饥……"父亲听了，笑嘻嘻地说："别念别念，雨要被你念来了。"二叔轻声地说："大哥是四体不勤、五谷不分的读书人，所以只关心书，不关心稻谷。"我们都缩着脖子笑个不停。可是只要父亲一声令下："收书。"我们就赶紧全体动员，跟在父亲和老师后面搬书。他们还要在书页里撒樟脑粉，在书橱里摆樟脑丸。十几个书橱的书统统晒完要花好几天，真是又累、又紧张。我心里宁愿下雨，也不要晒书了。

如今想起来，那么多的书，我都不懂得用功去读，等到想读的时候，书已非我所有。大晴天晒书的情景只是追忆中的前尘往事了。

在我的童年生活中，真正不希望下雨的只有一天，那就是我的生日。我的生日正值台风季节。平时一逢有台风，我就兴奋地问大人："大水什么时候才涨到我们家后门口呢？"只有我生日那天，我要拜菩萨保佑不要下雨，一下雨，母亲就不让我穿新衣服，唱鼓儿词的先生就不会来，小朋友们也不会来吃我的长寿面了。最糟的是，老师只答应晴天才放我"生日假"，下雨天则照常上课。所以晴天的生日，对我是多么重要啊！可是我的生日多半在风雨中过去。想起母亲的愁风愁雨是为了谷米的收成，为了牲畜的安全；而我的愁风愁雨只是为自己的玩乐。

回首童稚无知岁月与老去情怀，于悲喜参半中，倒不如"也无风雨也无晴"①，岂不更好呢？

---

① 出自苏轼词《定风波》。

敬爱的"号兵"

　　求学时代，对负责训育的老师多少总有点畏惧与反感。我中学的训导主任姓沈，名咸曾，我们就在"曾"字的边上加一个竖心旁，变成"咸憎"：人人都不喜欢的意思。

　　沈先生（那时称老师为先生）教我们党义。在重视语英数三科的心理作用下，大家对于教党义的老师自然"另眼看待"。可是因为他是训导主任，大家有所顾忌，又不得不正襟危坐，装作专心听讲。

　　第一天上课，全班同学都有点紧张地注视着他走进课堂。他穿的是藏青哗叽中山装，线条笔挺；中分的头发梳得油光光地贴在头皮上，看上去怪怪的；皮鞋擦得雪亮，走在地板上"啪嗒啪嗒"的好响。比起穿长袍、布底鞋的语文老师，他要神气也洋派得多了。

　　他开口说话前先点名，点一个名字抬头看一眼，仿佛看这一眼就把你牢牢记住似的。他的目光倒不是炯炯逼人的那种，眼珠黑白分明——记得懂相法的二叔说过，眼珠黑白分明的是绝顶聪明的人，但如果是白多黑少就有点凶相。于是我不由得偷偷注意他是不是白多黑少，观察的结果是黑白均匀。一位训导主任只要不凶，我也就放心多了。

　　他点完名，微微咧嘴一笑，我发现他门牙中有一颗是镶了金边的。镶金牙便有一股子土气，土气的人就厉害不起来。这倒不是二叔讲的，而是我自己的心得经验。我还觉得这股土气和他的一身中山装不大调和，心里有点纳闷：这位沈先生究竟是和气的还是严厉的？是精明的还是马虎的？

他开始说话了："我的名字，你们一定都已经知道了。我还有个别号，"他转身在黑板上写下"沈浩滨"三个字，接着说，"浩瀚的浩，海滨的滨，是我的大学老师为我取的，很广大辽阔的意思。我很喜欢这个名字。"

"浩滨"，倒真是满雅致的。我回头看右边的同学沈琪，她把"浩滨"二字端端正正地写在拍纸簿上，却在下面加写了"号兵"两个字，又很快地画了一个大兵吹号的样子。她举起本子给我看，向我做个鬼脸。我很佩服沈琪，她的联想力很强，画得又快又好——短短的一周新生训练中，我们的老师几乎每个都被她速写过，都能把握特征，画得很传神。她也最会给老师起外号，看来她一定会喊沈先生"号兵"了。

沈先生打开课本又合上，和气地说："今天是第一天上课，大家随便谈谈。你们经过一星期的新生辅导，对学校的各项规则还有什么不明白的地方？"

看来他很民主，不像校长说起话来咬牙切齿，斩钉截铁，一对眼睛瞪得又圆又大，毫无商量余地。

沈琪马上举起手来说："我有问题。"沈先生点点头，沈琪站起来大声地说："请问沈先生，为什么住校的同学可以不穿制服而走读的同学一定要穿？这不是不公平吗？"

她问得咄咄逼人，我真替她捏把汗。

沈先生笑嘻嘻地说："我来解释一下。本来，穿制服一来是为了整齐划一，二来是代表学校，当然最好全体同学一律穿制服。但学校为了体谅住校同学要自己洗、熨制服，忙不过来；

交给女工洗、熨又太贵；不勤洗的话，穿在身上反而不整洁。所以才通融，除了周一、周五有纪念日与周会的日子，可以不穿制服。走读的同学在校外要表现学校精神，所以一定要穿制服。好在穿脏了可由家里人洗。"

沈先生说得很有道理，我们想不出话来反驳了。可是沈琪又说话了："在一间课堂里上课，有的穿制服，有的不穿，就是不整齐嘛。"

"如果住校同学愿意天天穿制服，当然再好没有，只要能保持整洁。学校的通融办法不是硬性规定，更不是厚此薄彼。沈琪，因为你是走读的，才会这样想。如果你是住校的，一定会觉得这样的通融是很合理的。"沈先生放下书，在黑板上写下"公平合理"四个字，露了下金牙，又收敛起笑容，以比较严肃的神情说："你们在学校读书，接受新知识，要渐渐养成判别事理的正确观念。沈琪刚才说到公平不公平的问题。我就来说说什么是公平。公平就是诚诚恳恳地处理一件事，对待一个人。出发点是为了大家的利益而不是为了自己，这就是无私心。处理事情恰当，就是合理。就拿穿制服这件事来说，住校与走读的同学易地而处，就会觉得是公平合理的了。"

大家都听得心服口服。可是沈琪仍在嘀咕："天天穿制服，好单调啊！"一位住校的同学说："那你明年住校好啦。"大家都笑了。

沈先生笑笑说："你看，你们为了一点点小事，各人只为自己的利益着想，意见就不一致了。其实学校的规定没有一条是存心和你们作对的，主要是辅导你们走上正确的道路。比如宿舍在晚上九点熄灯，是为了养成你们早起早睡的好习惯；考试期间，延长一小时，你们就会懂得好好利用时间了；如果有人躲到练琴间偷偷点蜡烛开夜车，就是违反校规，再用功的学生也要处罚。"

沈先生说得很有道理。我从小比较胆小听话，对他不禁佩服起来了。而且想想许多严格的校规，只要不去触犯，就不会感到有什么不自由的限制。

沈先生第一天上课就博得同学的好感，至少他不是一位不讲理的训导主任。他思想开明，心胸宽广，虽然执法如山，平时却很和气。

最有趣的是他在纪念日或周会上向大家做报告时，常常喜欢把一只手圈成一个圈，放在嘴边，好像可以把声音扩大似的。我们顿时觉得他真是名副其实的"号兵"。有一次他带我们远足，教我们唱进行曲①，我们就告诉他把他的名字"浩滨"改写为"号兵"的事，他听了拍手大笑说："好极了，以后你们更得听我的号声，行动要迅速一致。"

他说："号兵是行军时吹进行曲的前哨兵，要勇敢、机智，以全副精神投入号声之中；吹出来的调子虽然单调，却振奋人心，鼓舞人勇往直前。就连学校里吹起床、升旗、作息号的工友都要负责、守时，全校师生都得听他的号声。你看他吹号时全神贯注、挺身而立的神情像不像一只报晓的公鸡？多么自信和威武啊！"

沈先生的一席话使我们对原本是开开玩笑的"号兵"的名称领略到一层新的意义。

有一天，在党义课上，我忽然心血来潮，举手起立问道："沈先生，党义……党到底有什么意义？孔夫子不是说君子群而不党

---

① 或指《义勇军进行曲》，田汉作词，聂耳作曲，诞生于1935年，抗战期间曾作为国民党军队的军歌，如戴安澜将军率领的师的军歌即此曲。此外，它也是1935年电影《风云儿女》的主题歌，传唱度较高。

吗？结党不就是营私吗？"

沈先生想了下，慢条斯理地说："'党'并不是一个坏的字眼，比方'邻里乡党'的'党'就表示彼此关怀。志同道合的人为了一个大公无私的宗旨而结合在一起，就产生比孤立的个人力量更大的团体。"

沈琪马上接着问道："如果另外有一个人自认为很有才能，也自认为是爱国志士，但他不愿做一个服从别人领导的人，而要另外组织团体，自己当领导人。他标榜的也是为国为民，那又有什么不可以呢？"

沈先生说："如果两个团体努力的宗旨完全相同，就应当合二为一，没有彼此攻讦、打击的理由；如果标新立异，不愿合作，那就是自私的野心家，不是大公无私的政治家。那样的党，只会削弱革命的力量；那样的党得势的话，国民是不会有幸福的。"

沈先生还讲了《论语》中的忠恕之道与三民主义思想吻合的部分。他讲中山先生的一个故事：有个人对中山先生表示忠心，后来反悔了，而且偷走了一份革命党人名册。中山先生佯装不知。不久，那人忏悔了，中山先生一点也不计较他的过失，反而给他一份重要的工作。那个人深受感动，因而极力效忠。这就是孔子所说的"感人以德"的泱泱君子之风。

沈先生讲的故事都是在授课之中插入的，使我们原先对党义这门课毫无兴趣的都听得津津有味。他讲得兴高采烈时就把右手圈在嘴唇上做出吹号的样子，我们真觉得他是一位"号兵"呢。

初三时，沈先生不再教我们课了，但因他是训导主任，我们仍常常和他接触，那就是犯了过错被请进去"吃大菜"（受训斥的意思）的时候。可是沈先生的"大菜"是可口而富有营养的，他并不板起面孔训话，而是笑嘻嘻地先讲个笑话或故事，让我们自己想想：错在哪里？比方说，有一次，我们三五个住校生在一个周日的晚上逾格请外出假，去看一场马上要下档的好电影。学校批准我们八点半以前一定要返校。电影散场不到八点，回校是绰绰有余的。可是当我们经过一间饺子店时，那股锅贴的香味实在诱人。每人身上都还有几个零钱，原可以买回来吃，但总觉得坐在店里正式地吃，有一派做大人的味道，于是进去围坐一桌，大吃特吃一顿；又在水果摊上买了甘蔗、菱角，踌躇满志地回校。到了校门口，大门已关上，才知已过八点半，快九点了。幸得好心的老工友悄悄开边门放我们进去，舍监的眼睛已经瞪得铜铃似的，站在宿舍门口等着我们了。大名被记下来，直接送给校长，她是存心和我们作对的。我们并不怕训导主任的"美味大菜"，怕的是校长，她的一对铜铃眼比舍监的还大。她会在周会上把我们一个个地拎到讲台上亮相，好像犯了什么十恶不赦的大罪。看来这次是劫数难逃了。

我们走进校长室，沈先生也坐在旁边。校长还没开口呢，他先说话了。他说有一个孩子总是不听父母的话，每回外出时叫他早点回家，他总是晚归。有一天，他又要出去了，父亲厉声地说："这次出去就别回来了。"孩子在外却越玩越没劲，心里有一种无依的感觉，反而提早回家，看见父母正在门口张望。母亲又高兴又意外地问他为什么这么快回来，孩子一向倔强，不愿把真心话说出来，说，因为爸爸叫我不要回来嘛，所以回来了。母亲"扑哧"一声笑了。从那以后，他再也不迟归了。沈先生讲完故事，校长也笑了。气氛立刻缓和下来。校长说："学校立下校规，一来是养成你们守法守秩序的观念，培养你们健全的人格；二来是保护你们。你们不是不被允许外出，但必须在规定时间回校，以免我们担心。家有家规，校有校规，国有国法。在法规范围以内，一切都是非常自由的；触犯了法规，

　　　　　　　　敬爱的"号兵"

受了惩罚，就感到不自由了。你们应当反省自己的行为超越了自由的范围，而不是抱怨合理的法规给你们的限制太严。比如每年到了冬天，政府都要宣布宵禁，夜间十二点以后不许有行人，这是为了居民的安全。这样的禁令，只有小偷与强盗才感到不便，善良的百姓一定会感激政府对大家的保护无微不至……"

　　校长说话一向非常严肃，这一席话明明说得非常有道理，我们心里却总是怕怕的。幸得沈先生一直在边上，看着他笑眯眯的神情，大家心里也就放松了。那一次姑念我们初犯，校长没有记我们过，也没把我们拎上礼堂讲台。

　　沈先生后来要去英伦留学，全校同学都好舍不得他。我们虽然觉得他镶着金牙，穿西装也有一股土气，但这股土气是非常中国的。他读中国古书多，英文又好，是应当出国深造。

　　临别前，我们全班合作，由我写了一首送别沈先生的诗。因为沈琪的声音又响亮又优美，所以在惜别晚会上，由她带领大家一起朗诵。我们把对一位良师的感激和满腔别绪离情统统朗诵出来了。

　　还记得那首诗是这样的：

> 浩滨，号兵
> 我们敬爱的号兵
> 他负责、守时
> 更有一颗仁慈的心
> 他赏罚严明，诲我谆谆
> 有如我们的父亲
>
> 号兵，浩滨
> 望着浩瀚的海滨

我们圈起手
吹起别离的号声
祝敬爱的老师
此去万里鹏程

浩滨，号兵
我们敬爱的号兵
永远怀念的浩滨
祝您鹏程万里
万里鹏程

　　　　　敬爱的"号兵"

猪年感怀

今年是猪当令。开春以来，读了好多篇写猪的文章，都说猪既聪明，又爱清洁，尤其难得的是教子有方，绝不含糊，一点也不像世人眼中既脏又懒的蠢物，总算还了猪一个公道。画家和摄影家们呢？也都纷纷地画猪，拍摄猪照片，一幅幅都那么胖嘟嘟、傻乎乎，比猫狗还可爱，看得人只想拥抱它，亲吻它。

但，不管他们如何充满爱心地去写猪，画猪，拍猪的玉照，到头来还是每天要吃猪，不是大块大块地吃，就是把它粉身碎骨地吃；一段段、一寸寸、分门别类地吃，从里吃到外，从头吃到尾；吃它的心肝、腰子、肺，吃它的耳朵、舌头、牙床肉，连皮都不能幸免，因为猪皮富含胶质，能缓解老年人的骨骼硬化。猪若有知，在临刑之际究竟是含笑以殁还是饮恨以终呢？

猪没有猫狗那么幸运。人类饲养猪，就是为了要吃它的肉；还把它的性格描绘得那么恶劣，才显得最后给它的那一刀是它咎由自取，怨不得人类的狠心。

记得幼年时，老长工阿荣伯告诉我，猪和鸡鸭都是菩萨定了给人吃的，所以杀了它们并不罪过；而且这些畜生都是由于前世作恶多端，才受罚变做猪，受了这一刀之苦以后，孽障消除，反可转世为人了。我的家庭老师是有道行的虔诚佛教徒，他却说菩萨是绝对不许杀生的，连微小如蚂蚁的都不可伤害，何况有血有肉的猪呢？他讲了一个故事给我听：有一个屠夫，宰了一世的猪，到临终之时，觉得自己罪孽深重，产生了恐惧。可是为时已晚，忏悔已来不及了。弥留之际，忽然耳边传来隔壁寺院中的诵经之声。他挣扎起身子，举起右手，向空中拜了三拜，口呼一声"阿弥陀佛"就断了气。这个屠夫人轮回转世，仍免不了变为猪。但这头猪有一个特征，就是右前腿是一只人类的手，一时传遍全村庄，都纷纷来看这头异相的猪。主人心里有点疙瘩，总觉得怪猪可能是不祥之兆。一位沿门托钵的老和尚看见了却告诉他，带有人手的猪乃是有一段因果的，劝他好好饲养这头猪，千万不要杀它。主人听了老和尚的劝告，就让这头怪猪享天年以终。老师作结论说：由于屠夫临终时的一念之善，感应了慈悲的佛。他的罪孽虽不得不使他变为猪，却可免于杀戮之灾。

我听了这个故事，既感动又害怕，却想起厨子刘胖剁肉丸时念的口诀："猪呀猪呀你莫怪，你是人间一道菜。人不吃来我不宰，你向吃的去讨债。"仿佛这一念，罪过都到吃的人身上去了。我站在灶边，贪婪地闻着红烧肉丸的阵阵香味，心里却有一份罪孽感，这种矛盾心情对一个不满十岁的童子来说也是很痛苦的呢！

其实那份罪孽感并不完全由于听了刘胖的口诀，主要还是因为我与猪为伍的日子太多。从母亲谨慎小心地选购来一头胖小猪放入猪栏开始，它就成了吴妈和我的好朋友。吴妈是母亲委托喂猪的人。母亲每事躬亲，惟有喂猪，完全交给了吴妈，连猪栏都不肯去一下。她绝不是嫌脏，而是不忍心亲眼看小猪一天天长大，到了年终，却非得拣个日子把它宰掉祭祖不可。吴妈呢？帮着主人一心一意把猪喂饱，喂大，每天拎着一桶煮得香香的饲料去喂它时，看小猪吃得那么起劲，总是摸摸它的额头，拉拉它抖动的下垂大耳朵，无限怜惜。小猪也会抬起头来，用眯缝眼信赖地看看她。

我每回都跟吴妈进去，站在旁边看它吃。"啪嗒啪嗒"的声音好响。吴妈常常叹着气说："猪就是吃相不好，才落得这般苦命。"我心里好替它委屈，也替所有的畜生委屈。人总是高高在上，要养就养，要宰就宰。它是不是真的命苦，人又怎么知道？

小猪大约才两个月，全身的毛细细的，疏疏的，皮肤透着嫩白略带粉红色，细细的小尾巴卷成个小圈圈，跑起来非常快，还会蹦跳呢。可惜只有它一头，太孤单了。我看它很寂寞的样子，直想蹲在栏边多陪陪它。它不时走到我身边来，用尖尖的嘴巴、鼻子碰碰我。我喊它"唝唝"（这是我家乡小孩子呼唤猪的声音），它好像听得懂。想起自己三岁以前都寄养在乳娘家，和与我同年同月生的乳娘的女儿一起趴在地上跟猪玩，两个人都只会叫"唝唝"。母亲说我四岁才会说话，四岁以前，见到谁都喊"唝唝"，大人们都说我笨得跟猪一样。现在看着这条活泼可爱的小猪，格外有一份亲切感。但是想到它终究要被宰，心里也格外难过。我暗暗念着："猪呀，你慢慢长吧，长大了就要被宰了。"可是它还是长得好快，愈长大，也就愈不活泼了。它这么无聊、寂寞地活着，一天天长大，一天天等待死亡。想到这些，我心里好难过，赶紧离开猪栏。

猪栏的隔壁就是牛栏。黄牛总是静静地站着，无视猪的存在。好多次我都想，是不是可以让它们住在一起？也许彼此都不会寂寞了？可是吴妈说不行的。牛有牛性，猪有猪性，它们合不来。我每回去牵黄牛出来吃草的时候，总要先去看看猪。它长大了，老是在睡觉。我用竹枝轻轻拍拍它的背，它会抬起头来看看我，然后爬起来，向我走来。我伸手摸摸它的耳朵，它只呆呆地站着，也不知它喜不喜欢我。我对它不像对黄牛和猫狗的那份感觉，不是爱，而是歉疚，是怜悯，是无可奈何的怜悯，尤其在老师讲了那个故事，又教我读过孟子的"见其生不忍见其死，闻其声不忍食其肉"[1]那些句子以后。我只想多看看它，又直想躲开它，心里十分矛盾。我常常问母亲："妈妈，我们能不能不杀猪呢？"母亲用叹息般的声音说："那就只有不养猪。"我说："那就别养嘛。"母亲说："过年怎么能没有猪呢？"

像我们那样的大家庭，在乡下，过年宰猪是天经地义的事。等到宰猪的日子拣定以后，吴妈煮猪饲也变得无精打采了。她说："奇怪得很，拣定了宰猪的日子，猪就不想吃了。"猪不想吃，吴妈也吃不下饭了。喂了它一年，眼看它长得那么壮，她该为自己的成绩高兴呀。可是她真是舍不得它死啊。她总是对自己说："明年我不喂猪了。"可是第二年，喂猪的差事还是她的。就这么喂大了杀，杀了再喂。杀猪的人明明不是吴妈，她却总觉得自己罪孽深重。杀猪的前几天，她早晚都去佛堂念观世音菩萨超度它。我呢？因为老师教过我念《往生咒》，就在书房里跪在蒲团上念《往生咒》。母亲更不用说了，走进走出，嘴里一直喃喃地在念各种的经，显得很不安。长工们却是磨刀霍霍，等待着大显身手。这时，只有顽皮的四叔嗤笑我们都是"猫哭老鼠假慈悲"。他说："戒杀与否，只在自己一念之间。不能戒杀，又何必假惺惺？"现在想想，他的话也真有道理。但那时的农村就是摆脱不了这种习俗，好像不如此不足以表示对祖先的敬意，也不足以炫耀大家庭的气魄。

四叔只比我大四岁，却非常有才气。他写得一手漂亮的魏碑，又会画画，常常学丰子恺的漫画，画得惟妙惟肖。宰猪那

---

① 出自《孟子·梁惠王上》。

　　　　　　　　　　猪年感怀

天，他故意画一张漫画，把它贴在厨房门上。画的是一条滴血的猪腿挂在屋檐下，一只小猪在廊下抬起头来望着它，边上写着一行字："那是我妈妈的腿。"令我怵目惊心，却不能不佩服他画得跟丰子恺的简直一模一样，只是稍稍变化一点而已。母亲盯着画看了半天，生气地把它撕了下来。我看见她眼里满含泪水，暗暗对自己说："我不要再吃肉了，我不要再吃肉了。"

宰猪都在破晓时分。那一夜，母亲、吴妈都不能入睡。我呢？心里既害怕，又有点儿说不出来的兴奋。看长工们在厨房里从晚饭后就进进出出地忙碌着，我觉得过年的序幕就要开始了。可是一想到猪栏里的猪，就不由得一阵心酸。母亲一直催我早睡。我躺在床上，拉上厚被子蒙着头，双手食指塞住耳朵，倒也蒙眬地睡着了。可是在睡梦中，总似乎听到凄惨的尖叫声。第二天一大早起来，忍不住跑到后院去看，我的朋友"呶呶"已被刮去黑毛，又大又胖，像一只白象了。我的眼泪扑簌簌落下来。吴妈生气地把我拉回厨房，说女孩子怎么可以去看？我只想放声大哭，可是过年过节的，怎么能哭呢？那些日子，我都不敢走近空空的猪栏边，连黄牛吃草都不愿意去牵了。

可是过不了多久，又有一头活泼蹦跳的小猪被放进猪栏，吴妈又不得不开始喂它，我又忍不住跟在她后面进进出出。如此年复一年。

直到几十年后的今天，猪临刑时的哀号好像犹声声在耳，猪栏里小猪活泼蹦跳的神情和它一天天痴肥后的恹恹睡态也时时浮现眼前。猪难道真是万劫不复的人间一道菜吗？我如今已偌大年纪，能不能下个决心不再吃这道菜呢？

今年是猪年，为了纪念童年时与猪的一段友情，我要渐渐地戒除吃猪肉（牛羊肉早已不吃）。我说"渐渐地"是因为患有胃溃疡，医嘱必须多吃肉类。但我相信，一定可以用其他蛋白质素食代替，渐渐戒除吃猪肉。

　　到那时，再想起幼年时听厨子刘胖念的口诀，就不会怕猪来讨债而感到心里不安了吧？

1984 年 4 月 4 日

想念荷花

"初夏正清和，鱼戏动新荷，西湖十里好烟波。银浪里，掷金梭，人唱采莲歌……"①父亲教我唱这首诗时，并不在荷花盛开的杭州西子湖畔，而是在很少看到荷花的故乡，浙江永嘉瞿溪镇。

那时，我还不到十岁。四五岁时由大人抱着在西湖游艇里剥莲蓬、啃雪藕的情景已经十分模糊，也想象不出西湖的银浪烟波究竟有多美，只觉得父亲敲着膝头高声朗吟的神情很快乐，音调也很好听。

父亲的生日是农历六月初六，正是荷花含苞待放的时节。两个星期后的六月二十四日，便是荷花生日。母亲说荷花盛开，象征父亲身体健康，所以在六月初六那天，她总要托城里的杨伯伯千方百计地采购来一束满是花蕾的荷花，插在瓶中供佛。花瓣渐渐开放，散发出淡淡的清香，与香炉里的檀香味混合在一起，给人沉静安详的感觉。

花瓣谢落之后，母亲就拿来和了薄薄的面粉与鸡蛋，在油里稍稍一炸，便是一道别致的甜点。父亲说吃荷花的是俗客。我却说，吃了荷花，便成雅士了。

到了杭州这个十里荷花的天堂，我才真正看到那么多、那

---

① 出自清代雍正词《满庭芳》。

么多的新鲜荷花。我们的家正靠近西子湖边，步行只需半小时就可到湖滨公园。那条街名叫花市路。父亲为此作了一首得意的诗，其中最得意的句子是："门临花市占春早，居近湖滨归钓迟。"其实父亲很少钓鱼。他带我去湖滨散步，冬天为赏雪，夏天为赏荷。赏雪的时候少，因为天气太冷了；赏荷却是夏天傍晚常常去的。

"家里太热，到湖滨乘凉去。"父亲总是这么说。其实湖滨并不比家里凉爽，因为公园里游人摩肩擦背，反而泛着一股热腾腾的气息。我总是要求："爸爸，我们坐船吧！你不是唱银浪里、掷金梭吗？"父亲每回都微笑答应了。可是坐在船上也不觉得凉爽，因为湖水晒了整整一天的大太阳，到了夜晚，热气放散出来，扑面而来的是阵阵热风。词人说"湖水湖风凉不管"[1]，"凉"字实在是骗人的话。但无论如何，荡着船儿，听桨声欸乃，看淡月疏星，闻荷花阵阵清香，毕竟是人间天上的享受。

既然六月二十四日是荷花生日，杭州人就从六月十八日开始游湖赏花，到二十四日这一天是最高潮，整个里外湖都放起荷花灯来。大小画舫，来往穿梭，谈笑声中，丝竹满耳。这种游湖，杭州人称之为"落夜湖"，欢乐可通宵达旦。

我不是懂得赏花的雅人，也体会不到周濂溪爱莲的那份高洁情操。我喜欢"落夜湖"只是为了赶热闹。父亲却不爱这种热闹。母亲呢？只要是住在杭州的日子，倒是每年都去"落夜湖"一番。她不是赶热闹，而是替父亲放荷花灯，放一百盏荷花灯，祈求上天保佑父亲长命百岁。所以她坐在船上总是手拨念佛珠，嘴里低低地念着《心经》。因为外公说过，父亲和荷花同月生日，照佛家说法，是有一段善缘的。

---

[1]　出自清代龚自珍《浪淘沙》。

记得有一天，父亲忽然问我："'新着荷衣人未识，年年江海客'①是什么意思，你懂吗？"我说："是退隐的意思吧。"父亲笑笑说："就是我现在的心境。摆脱了官职，一身轻快。"但我觉得他脸上似有一丝蓦然回首的落寞神情。难道父亲仍有用世之心，只是叹知遇难求吗？

　　抗战军兴，我们举家避寇回到故乡。父亲竟因肺病不治，于翌年溘然长逝。那不幸的一天正是他的生日六月初六。如此悲痛的巧合，使我们对一向喜爱的荷花也无心欣赏了。

　　在兵荒马乱中，我又鼓起勇气到上海完成大学学业。中文系主任夏老师非常喜爱荷花。有一天，和系里几位同学在街上购物，遇上滂沱大雨，我们就在一间茶楼品茗谈天。俯视马路积水盈尺，老师就作了一首律诗描绘当时情景，最后两句是："一笑横流容并涉，安知明日我非鱼。"小序中说："市楼坐雨，与诸生剧谈抵暮。归途流潦没膝，念西湖此时，正万叶跳珠也。"他想象西湖此时，一定也是大雨滴落在荷叶上，形成千万水珠跳跃的壮观吧。

　　那时杭州陷于日寇，老师慨叹有家归不得，因而格外思念杭州的荷花。

　　胜利后回到杭州，浙江大学暂借西湖罗苑复校。我去拜谒老师，从书斋窗户向外眺望，远近一片风荷环绕。爱荷的夏老师心情一定是非常愉悦的，他提笔蘸饱了墨，信手画了一幅荷花，由师母题上姜白石的名句："冷香飞上诗句。"②老师随即落款送给了我。这幅墨荷幸已随身带来台湾，一直悬于壁间。记得那时另一位才华横溢、善画梅花的任老师笑他的荷花画得不像。老师随

---

　　①　出自冯延巳《谒金门》。
　　②　出自宋代姜夔《念奴娇》。

口笑吟道："事事输君到画花，墨团羞见玉槎桠。"

不管是"墨团"也好，"玉槎桠"也好，那总是吟诗作画、自由自在的好时光啊。

两位老师都留在大陆。后来海外友人来信告知，个性傲岸的任老师早已逝世，而夏老师亦已年迈体衰，已调到北京从事研究工作。他已是垂老之年，一定更思念杭州，思念西湖的荷花吧？

友人还说，曾在一本刊物上看到夏老师在忆西湖的词中感慨地写道："往事如烟，湖水湖船四十年。"

四十年是人生大半岁月。老师已逾八十高龄，他还能再有一个四十年，自由自在地重回杭州，在亭亭风荷中享受湖水湖船的优游之乐吗？

仰望壁间的墨荷，我好想念故乡的荷花，因为在荷花的花瓣上，仿佛显现出父亲和老师的音容笑貌。

春雪·梅花

春柳池塘明媚处
梅花霜雪更精神

寒冬渐远，春已归来。遥想宝岛台湾，早该是风暖花开的艳阳天了。此间前些日子已渐露春意，没想到突然来了一阵暴风雪，气温又一度降到隆冬严寒。

我虽畏寒，却恋雪成痴。一听说大风雪将至，反而禁不住地高兴守着窗儿，热切地盼望大雪降临。看空中丝丝细雨，渐渐夹杂着小朵雪花，我就喃喃地念起家乡谚语来："雨带雪，落到明年二三月。"现在可不已经是"明年二三月"了吗？这是春天里的冬天，也是"飘雪的春天"。多可爱啊！

这个冬天，纽约虽然下过几场雪，但都不算壮观。转眼已过了春分，我老是问来此多年的朋友："还会下雪吗？"他们说："会啊！去年四月里还下了场大雪呢。"所以一听气象预报有风雪，我总是盼望着：雪会下几英寸①呢？能积到一英尺②吗？积得越厚越好。外子好生气，说我这个老顽童真是黄鹤楼上看翻船，丝毫不体谅他们顶着风雪开车上班的人有多辛苦。

---

① 1英寸约合 2.54 厘米。
② 1英尺约合 30 厘米。

干女儿有一次来信说："今年天气特别冷，连阳明山的竹子湖都下雪了。我和同学上山赏雪景，看见许多汽车前面堆着小雪人。一路开，小雪人一路淌着汗水，渐渐地化光了，好可惜啊。"她如果看到这里的大雪，一定会堆个大雪人，比她自己这个小人儿大好几倍呢。

　　雪的可爱，是它的悄然无声，默默地累积起来。比起下雨天淅淅沥沥的情趣又是不同，是另一种宁静与安详。而那棉花糖似的一片白，格外使我怀念小时候下雪天的快乐情景，心头有说不出的温暖。

　　我的故乡永嘉虽然是温带的南方，但农历正月初七、初八的迎神提灯庙会常常逢上大雪天。冒大雪去看庙戏，是我最开心的事。阿荣伯过新年那几天只顾昏天黑地地推牌九，外公却最喜欢一边看戏一边"讲古"。"有外公带我去看戏，妈妈只管放一百二十个心。"我总是这样对母亲说。外公套上高筒钉鞋，一手撑雨伞，一手提灯笼，叫我紧紧捏着他的大棉袄下摆，踩着他的钉鞋脚印，一步一步往前走。我只要喊："好冷啊！"外公就说："怎么会冷？越走越暖和。"红灯笼的光影晃晃荡荡地映在雪地上，真的暖和起来了。我后面还有一大串小朋友，都喜欢跟着外公走。外公大声地喊："来来来，前照一，后照七。跟着我走，一定不会跌跤。"他年纪虽大，却走得一步一步稳稳健健。他说："要记住，在风雪中走路，不要停下来，停下来就会冻僵啊！"

　　我记住了外公的话。长大以后，多少次顶着风雪向前走，都挺过去了。我心里总在想，双手紧紧捏着外公那件结实的粗布大棉袄，踩着他的大钉鞋脚印，跟着那盏映在雪地里的红灯笼，一步一步向前走。

　　雪积得厚了，外公就用丝瓜瓤兜了雪装在瓦罐里。装满好

　　　　　　　　　　　　　　　　　春雪·梅花

几罐，放在阴冷的墙角。开春以后，用雪水泡茶喝是平火气的。喉头痛，就拿雪水加盐漱口，马上会好。但外公说兜雪时一定要用丝瓜瓢、竹瓢或木瓢，不能用铁器。雪一定要是冬雪，立春以后的雪就不行了。兜雪又是我最喜欢做的事，尽管兜得一半天一半地，鞋袜都湿透了，外公还是要我帮忙。"多沾点雨雪，长大了，身体才健壮。"母亲还会别出心裁地叫我把树枝上、梅花梗上的雪撮下来装在一只漂亮的玻璃缸里，每天倒一杯雪水供佛。她说："花木上的雪才净，供佛的是净水呀。"我撮雪撮得手都冻僵了，外公也绝不许我烘火炉，泡热水，反捏了一把雪在我的手背、手心上使力地擦，擦得我直尖叫。外公说："不要叫，熬一下，一会儿手就会发烫。"真的，一会儿手就发烫了。外公真是一位全科医生呢。他说天上的霜雪雨水、地上的树木花草和人的血脉五脏都是相连的。这就叫"天地人三才合一"①。人有病痛，吃了天地给你的"药"就会好。外公的医理，不就是今天讲求的"自然食物"吗？

我们到了杭州以后，因为冬天比故乡冷，下雪的日子更多，也更开心了。杭州人说："吃了端午粽，还要冻三冻。"所以春分前后，常常下大雪。雪积得太厚，交通受阻，学校虽不正式停课，但远路的学生不能来也不算缺课。大清早，我一睁开眼，看见下雪了，就连声念："菩萨保佑，雪下大一点，下一整天，下一整夜，明天就不用上学了。"可是我家离学校实在太近，尽管下大雪，父亲也叫包车夫送我去。我宁可自己踩着厚雪去，做出很刻苦勤学的样子。到了课堂，同学到得零零落落，英文老师就坐在讲台上，督促我们自修，分组比赛拼生词、背

---

① 出自《周易·系辞下》："有天道焉，有人道焉，有地道焉。兼三才而两之，故六。六者非它也，三才之道也。"

书、造句，竞争得冒出汗来。语文老师则讲故事、念诗给我们听。我们最喜欢的老校工光伯伯（因为他头上光光的，没有一根头发）替我们在炉子里升起熊熊的火，上面放一把铜茶壶，水"咕嘟咕嘟"地开。我取出从家里偷来的咖啡茶来泡，那是一包包长方形的糖，里面有一团棕色咖啡粉，开水一冲，比今天的即溶咖啡还方便，好香啊。可爱的光伯伯最疼我们这一班小孩，给我们拿来烤山薯，放在炉架上一烤，大家分来吃，满教室香喷喷的。只有下雪天才准有这样的享受，因为我们冒雪来上学，校长和训导主任都夸我们勤奋好学，所以给我们在自修课上吃东西的自由，作为鼓励。

十分钟休息时间，大家到校园里堆雪人，玩雪球，东一个雪人，西一个雪人。天一放晴，太阳出来，雪人渐渐变小，变矮。有时还没化完，第二场雪又来了，小雪人被新雪掩埋，成了一堆堆的小山丘。有一次，我在作文里写道："一粒细细的尘土，水蒸汽把它变成一朵美丽的雪花。雪花融了，水又变成蒸汽升空，尘土回归尘土。这就是大自然的循环。在循环中，我们享受了美景，花木获得了生机，可是雪花总是默默无声……"自以为写得很"哲学"，老师也给了我好多圈圈。

父亲有一位好友刘景晨伯伯[①]，是个诗人，喜欢写字画梅花，酒量又好。每回来我家，一住总是十天半月。冬天一下雪，刘伯伯就用家乡调念起一首诗："有梅无雪不精神，有雪无诗俗了人。日暮诗成天又雪，与梅并作十分春。"[②]我说："刘伯伯，岂只是有梅无雪不精神，有梅无酒也不精神呀。"刘伯伯拊掌大

---

① 刘景晨（1881—1960），现代学者，民国初年被选为首届国会众议院候补议员，后随沈钧儒等南下。解放后任温州市文物管理委员会主任等，著有《贞晦先生诗集》等。
② 出自宋代卢钺《雪梅·其二》。

笑道:"说得对,说得好,快快拿酒来。"他边喝酒边眯起眼睛对着庭前雪中梅树凝望,看来要吟诗了。父亲不是诗人,但好友来时,他也会作诗。有一首诗,刘伯伯夸他作得好,还用红朱笔在后面四句加了密密的圈呢。那四句是:"老去交情笃,闲来意兴浓。倾杯共一醉,知己喜重逢。"我说:"爸爸,您并没有喝酒,怎么说共一醉呢?"父亲笑道:"诗心似醇酒,不醉也惺忪。"刘伯伯大为赞赏,连声说:"好诗,再干一杯。"我喜欢看刘伯伯借题喝酒的醉态,更爱父亲随口吟来的"白话诗"。看他们二位老友一唱一和的快乐,我这个十三四岁的小女孩意兴也浓起来了。

于是我磨了墨,摊开纸说:"刘伯伯,您酒也喝了,诗也作了,现在该画梅花了。"刘伯伯说:"慢着,慢着,画梅前要先写字。"他又念起那套说了好多遍的大道理:"梅花与书法最接近,要学画梅,必须勤练书法。梅的枝干如隶篆,于顿挫中见笔力;梅梢与花朵似行草,于曲直中见韵致。这与身心的修养有关。中国画最能见真性情。心灵的境界高了,画的风格也会高。"他说得那么高深莫测,我却只知道在图画课里跟着老师的样本一笔笔地描,连写字也是看一个字描一个字,哪里懂得什么韵致、风格呢?

刘伯伯写完一张大字、一张小楷,才开始画梅花,随画随扔进字纸篓。我问他为何不留起来,他说:"要画到真能传神的一幅才留起来,可是太难了。画梅难,咏梅诗也难。林和靖的'暗香疏影'①传诵千古,一来是因为他有梅妻鹤子的韵事,二来是因为姜白石作了两首《暗香》《疏影》的词。"我问他:"那

_____

① 指北宋隐逸诗人林逋,以"疏影横斜水清浅,暗香浮动月黄昏"的咏梅诗句闻名。诗人一生最爱梅鹤二物,自称以梅为妻,以鹤为子。

么刘伯伯的咏梅诗呢?"他又大笑说:"我的咏梅诗,最好的一首还在肚子里哩。"父亲又随口笑吟道:"雪梅已是十分春,却笑晨翁诗未成(刘伯伯名景晨)。"刘伯伯马上接口道:"高格孤芳难着墨,无如诗酒两忘情。"刘伯伯真有点眼高手低,只好借题目喝酒了。

看他们出口成诗,我也想作了。有一天,跟父亲、刘伯伯去孤山踏雪赏梅,看那条直通里外湖的博览会桥上游人熙来攘往,喧闹的声音把静谧的放鹤亭打扰得失去了暗香疏影的清趣,我也学着父亲口占打油诗一首:"红板长桥接翠薇,行人如织绮罗鲜。若教逋叟灵还在,应悔梅花种水边。"不管韵押得对不对,自以为也是七个字一句的"诗"呢。父亲连声夸我作得好,刘伯伯却很严肃地教导我,不可一开始学作诗就是一副随随便便的样子,会把诗作"流"了,以后永远作不好了。吓得我再也不敢在他面前信口开河。这是我在初中时代作的第一首"诗",因受了一顿教诲,所以一直记得。

抗战中,杭州沦于日寇。胜利复员后,回到旧宅,喜见庭院中的一株绿梅依然兀立无恙。春雪初霁,好友多慈姊[①]与夫婿许绍棣[②]先生时来舍间小坐。多慈姊见书窗外绿梅含苞待放,一时兴来,就展纸濡墨,画下了那株劫后梅花的风貌,并嘱我题词以留纪念。我勉强作了一首《临江仙》,却因书法拙劣,坚持不肯题在画上。那首词,我只比较喜欢下阕的四句:"相逢互诉相思,年年常伴开时。惜取娉婷标格,好春却在高枝。"

那幅梅花虽已带到台湾,竟因住永和时被大水损坏。多慈姊

---

① 孙多慈(1913—1975),现代画家,安徽寿县人。师从徐悲鸿,1949年随夫赴台湾,成为知名画家。1975年病逝于洛杉矶。

② 许绍棣(1900—1980),教育家,曾任浙江省教育厅长,筹办浙江战时大学。1949年赴台湾。

曾多次欲为重画，总因每次都相聚匆匆而未果。她与绍棣先生都不幸相继作古。故人远去，墨宝无存，怎不令人哀伤痛惜？

现在我珍存的有一小幅先辈名家余绍宋①先生的红梅，是绍棣先生代为求得的。另一幅是大学老师任心叔②先生的墨梅，上面题着一首诗："画梅如画松，貌同势不同。爱此岁寒骨，不受秦王封。"此外是一张放大的梅花摄影，那是郑曼青③先生二十年前上玉山赏雪，赏梅，特地拍下的照片。他说高山上的雪梅风姿太美，笔墨丹青难以传神，只好依赖照相机多多摄取它们的多种风貌。承他赐赠一张，留作纪念。在台北时，我一直悬之壁间，于炎夏中可带来一点凉意，也使我感念故人厚谊。这几幅宝贵的纪念品于客中都未带来，真觉住处有"家徒四壁"之感。

台湾气候虽不宜在平地多植梅花，但梅花是中华民族坚贞不移的精神象征。台湾人心爱梅花，并不在乎到处都能赏梅，即使在"春柳池塘明媚处"，也能体认"梅花霜雪更精神"的意义。

美国是一个没有经历过太多苦难的年轻国家，他们爱的是春来的姹紫嫣红和日本人所赠的娇艳而短暂的樱花，所以在这里不知去何处寻找梅花。他们怎么也不懂得中国人爱梅的心情。

雪后初晴，春寒料峭，我又神驰于杭州旧宅中那株绿梅，它定当傲岸如故吧。

原载 1984 年 4 月 29 日《联合报》副刊

---

① 余绍宋（1882—1949），近代著名史学家、书画家。

② 任心叔（1913—1967），现代诗词家、音韵学家，精于书画篆刻。

③ 郑曼青（1902—1975），现代知名画家，1931 年与黄宾虹创办中国文艺学院。

"哈背牛年"

　　小时候在乡间，有一年正月初一，我的阿庵小叔提了个大红纸包来给我母亲拜年，高声喊道："大嫂，哈背牛年。"母亲立刻说："大年初一的，讲吉利话啊，什么哈背哈背的？"小叔说："这是番人话（英文）呀，天主堂的白姑娘教我的。'哈背'就是快乐的意思。'牛年'就是新年。'哈背牛年'就是快乐新年。正好今年是牛年，您说多巧啊？"母亲高兴地说："白姑娘也教过我几个番人字，我记得'牛'叫做'靠'，怎么轮到牛年，中国话和番人话会是一样的声音呢？"教我读书的老师听得哈哈大笑起来说："就是这般巧嘛，牛年真是快乐的一年。我们农家春耕犁田，秋收驮运，都要靠牛。牛是我们最最忠心、最最勤劳的朋友。大嫂，牛整年辛苦，您要倒杯春酒给它喝下去补一补哟！"阿荣伯马上接口说："是啊，还要打个鸡蛋在里面，给它过新年呢。"

　　我在一边听得好乐，就"哈背牛年，哈背牛年"地连声念着，一蹦一跳地到天主堂找白姑娘讲番人话去了。

　　我的老师是个有新脑筋的人物，他从城里买来一支温度计，挂在走廊柱子上。母亲走过来，走过去，总要眯起近视眼贴上去看半天，嘴里念着："顺（右）手边这个上下的下字叫做'阿福'（F），只（左）手边那个钩钩叫做'阿西'（C），当中这条灯草心似的，看也看不清楚。这一横一横的是多少度呀？"我说："妈妈，那个钩钩念'西'，不是'阿西'。"阿荣伯大笑说："不要去看那些番人字，阿伯伯（阿拉伯）字的风水表（温度计）哪有什么用？我们种田人抬头看天色，低头看日脚，竖起耳朵听风向，扳起手指头算算几时会晴，几时会落雨，几时会冷，几时会热，算得一分一厘都不会差。"母亲就念起来了："正月正，雨雪夹霜冰。二月二，菜籽田里抽条儿。三月三，棉袄脱掉了换单衫。"

我最最担心的是正月里没完没了的"雨雪夹霜冰"，因为天气不好，母亲就不让我穿崭新的花棉袄到处拜年讨红包了。老师从十二月二十四夜送灶神那天开始，到正月初八迎佛提灯，放我半个月的春节年假。如果腊月冬至那天落雨，通晓"天文地理"的外公就预言："要烂冬喽！年底不会有好天色喽！"母亲又喃喃地念起来："雨夹雪，落到明年二三月。"我愁得要命，天天一大早点根香在天井里拜三拜，念三遍《太阳经》，保佑正月初一是个大晴天。

《太阳经》若是灵验，初一是个大晴天，母亲就要去庙里点佛灯，兜"喜神方"啦！由外公翻开黄历，看由哪个方向出门最吉利，照着指示，由大门出去，兜一个元宝圈，从后门回来。若《太阳经》不灵，落雨，母亲只好在自家佛堂里烧香念经，拜祭祖先。我的新花棉袄也不能出风头了。

年初一不拿扫把，不拿厨刀，因为它们辛苦了一年，要休息休息。初一也不用煮饭，大年夜已经煮了满满一大锅，富富足足的金银财宝都有了。母亲难得有这样的清闲，中饭以后就开始一年一度的消遣——搓铜板麻将！她同外公、阿荣伯，还有推窗眼（斜眼）三叔四个人搓，叮叮当当的铜板数过来数过去，账算得好认真啊。推窗眼三叔坐在母亲或外公上家时，我生怕他眼睛斜过来看见他们的牌，总在桌角边转来转去地挡着。他们都嫌我，哪个输了钱都怪我，但哪个和了牌我都要伸手讨一大枚。最开心的是听母亲兴奋地喊："我和喽，和喽。中发白三台啊，三台啊！"（那时大三元才只算三番呢）[1]我就进账三大枚。口袋里铜板塞满了，只等不落雨了就上街买万花筒、焰火和花纸气球。我胆子小，不敢点焰火；万花筒捏在别人手里，我只能远远站着；看花纸气球吹足了气，和小朋友比赛谁拍得多就赢钱。为了让他们多陪我玩一下，我故意输给他们，反正我的铜板多，压岁钱也不像他们只有银角子，还有外公给我的一块圆滚滚、亮晃晃的银洋钱呢。

初二不管天晴落雨，我都要代表母亲出去给长辈拜年，由阿荣伯提着满篮的红纸篷包——用一种极粗的草纸包成斧头形，外面加一层红纸，上面贴着商店招牌，用红油麻绳扎得有棱有角，里面是红枣、莲子、冰糖、桂圆等不同的东西。大家都说潘宅的纸篷包货色最真。但有一次，母亲无意中打开一包，想拿里面的红枣来煮，却发现有一半是小圆卵石，就知道是顽皮小叔叔干的好事。所以纸篷包都要收在橱里，免得被他"偷天换日"。我跟着阿荣伯挨家拜年，挨家吃点心。点心多半是鸡蛋煮米粉，我一点也不喜欢。我想吃的是桂圆红枣莲子汤，只在一位表公家才有，阿荣伯一跨进大门就喊："鸡蛋包不要打开，放在篮子里给我带回去，这是元宝啊。"于是我提了满篮的鸡蛋、大橘、松糖、长生果，塞了满荷包的压岁钱回来了。小叔每回都在半路把我截住，拿两块洋钱换我的角子。大把的角子，

---

[1] 中发白和牌有4种：字一色、十三幺、大三元、小三元。"番"指翻倍的次数，3番即8倍。依后来的国际规则，大三元算88番，但超过5番不再翻倍，要查番数表得出点数。

"哈背牛年"

我数也数不清，就统统给了他，他说推牌九用银角子，赢了再分给我。但过不了一天，不但没分给我，反而把我的银洋钱也拿去了，说是先借一下，却总不还。我不敢让母亲知道，只偷偷告诉外公，外公呵呵大笑说："哎呀，你的洋钱给小叔打水漂了，还会有影呀？"

我明明知道小叔会骗我的压岁钱，但我对钱没有什么概念，就是交定了小叔这个朋友，因为他肚子里有才，故事笑话多，连做带比的，听不厌也看不厌。连母亲也睁只眼闭只眼，由他耍点小花样，占点小便宜。

我们这个大村庄有三个乡，我家在瞿溪，还有郭溪、云溪，称为三条溪，都是非常富庶的。正月初七、初八两天迎神提灯的大节目，三个县各显排场，竞争得很激烈。舞龙的龙身节数愈来愈多，做龙被的钱都是由乡长向地方募捐或是富户还愿所捐，向城里订制，银光闪闪，舞起来真是好看。舞龙的后生儿（壮汉）早一个月就在天天练习穿花舞了。舞龙之外，还有马盗。七匹为一组，马是向城里租来的，黑白灰棕的都有；财力足的甚至租两组，十四匹，好神气啊。扮马盗的有两种人：一种是地方上有钱人家的独生子，一生下来，父母就在神前许了愿，无灾无难地长大了，就来扮马盗迎神还愿；另一种呢？却是穷家孩子，甚至是要饭的叫花子，扮一次马盗给几升米。但无论贫富子弟，都是全身披挂、画了脸谱、提着刀枪的英雄人物，坐在马背上揽辔缓缓前进，在管乐锣鼓声中，在灯笼火把的照耀下，一个个英姿勃发，能分得清谁是谁呢？可是爱管闲事的五叔婆总要指指点点地喊着："这个黑白脸的张飞是讨饭的阿发，那个红脸关公是林宅大郎儿。"母亲轻声阻止她说："叔婆呀，您别这样喊喊叫叫，穷人富人都是娘生娘养的，有哪一点不一样呀？"老师站在旁边，就对我念起来："这叫做将相本无种，男儿当自强啊！"

舞龙与马盗迎神提灯在初七、初八晚上，白天与夜晚还有演戏。戏班子都是从城里请来的顶呱呱的好班子，有京班、绍兴班、乱弹班、昆班。郭溪的读书人多，常常请昆班或京班；云溪和我们瞿溪请乱弹班与绍兴班比较多。母亲听不懂京戏与昆腔，说"咿咿唔唔唱了半天也不知说什么"。她也不喜欢看舞打戏，说："张飞杀岳飞，杀得满天飞，有什么好看？"她喜欢有情有义、有落难有团圆的绍兴戏。她看了《方玉娘祭塔》，回来就边烧饭边哼："上宝塔来第一层，打开了一扇窗来一扇门，点起了一炷清香一盏灯，礼拜那南海慈航观世音，保佑保佑多保佑，保佑我夫文子敬……"我说："保佑我蚊子叮呀……"母亲轻轻敲了一下我的头。我缩缩脖子，又跑去跟外公到老远的郭溪看京戏去喽！

外公会唱一百零一出的《空城计》，是小叔教的，因此他觉得自己是懂京戏的。但是他把"人马乱纷纷"唱作"那么落纷纷"，小叔纠正他，他也学不会。那时京戏最好的班子是"大三庆"，据说道白和唱词咬音很准。我家有个马弁随父亲回乡来，叫胡云高，是北方人，他只要听懂台上的道白就拍手叫好。小叔就学着戏白问他："胡云高，请问你家据（住）哪里，狗姓达（大）名。"把他气得胡子翘。

因为"大三庆"班子最好，因此"三庆"成了乡下人赞美一切的口头禅，无论什么东西，只要夸好就喊"三庆"。有一次庙戏恰巧是三庆班的，外公看得高兴起来，就举手喊"三庆"，台下的人都笑了。三庆班的演员也好高兴，特别向外公舞个魁星致敬。

阿荣伯对京戏、绍兴戏都不大有兴趣，他最喜欢的是推牌

"哈背牛年"

九和押花会①，嘴里天天哼着"正月时节是新春，银玉打扮坐楼中，头戴明珠花一朵，手抱云生看花灯……"就去佛殿里押花会去了。

初七、初八两天的迎灯演戏结束以后，春节渐渐落幕了。半个月的年假一眨眼已过完，我又得皱起眉头回到书房里念那没完没了的"诗云子曰"，只有眼巴巴盼待七天后的元宵灯节再有一番短暂的热闹了。

原载 1985 年 2 月 22 日
《中国时报》"人间" 副刊

---

① 清代民间流行的赌博游戏。

"代书"岁月

　　在我的脑海中，不时会想到"代书"两个字。谁都知道，"代书"是现代繁荣社会里一项热门职业①。代书人比某些看上去神情严肃、学识渊博的律师平易亲切得多，因此委托他们办事十分方便。我现在所想到的，却是指为人代写书信的"代书"。

　　我十一二岁前住在乡间，常代母亲给远客未归的父亲写信，并时常代房族的长辈们给在外地经商的子侄们写信。每写完一封信，他们总给我一块炒米糖或一个大橘子，报酬丰厚，我也就乐此不疲。

　　在我成长期间，由于环境的不时变迁，岁岁年年，总离不了为不同的人代写不同的信，"代书"这项工作就与我结下不解之缘。如今回想起来，倒真是别有一番滋味呢。

　　最值得怀念的，当然是代母亲写信给父亲。母亲总是一边忙着家事，一边有意无意地问着："有没有给你阿爸写信呀？"懒惰的我总会躲避地回答："不用写嘛，阿爸还没来信呢。"母亲倒也不逼我了。

　　其实，父亲虽不按时来信，老师却规定我每个月一定要写两封信向父亲禀告家中情况，一则表示孝心，二则练习作文。

------

　　①　此处指为当事人代写法律文书的业务活动。

给父亲写信比作日记苦多了，因为第一要用纯粹文言文，不能文白夹杂；第二要用正楷书写，不可潦草。我的信出现在父亲眼前，也就是老师教导我的成绩。可怜我只有那么几个"之乎者也"在脑子里打转，要写文言信，就像拿米糖熬油一般地难。辛辛苦苦写好了，又被老师改得面目全非，还要重抄。我对父亲本来就有点敬畏，被老师这么一改，一句心里的话都没有了。因此，往往在写下"父亲大人膝下敬禀者"几个字之后，就咬着笔杆，不知写什么才好。

我宁可代母亲写信，老师答应可以写白话文，用母亲自己的口气，写她心里的话，倒是真过瘾。好心的老师为了"传真"，除了错字以外，是不大改的。那时，我已背了几首诗词，常常自作主张，在信末加上一两句，像"语已多，情未了"①"欲寄两行迎尔泪，长江不肯向西流"②等情意绵绵的句子，代母亲表达思念之苦。老师看了莞尔而笑，总不予以删除。

母亲叫我写信，总是絮絮叨叨、没完没了地诉着家务事，千言万语，无非只是一句话："望你早归。"但是当我把信和诗句念给母亲听时，她总说："我哪里有这样讲嘛。"嘴角却笑眯眯的，我知道她心里正是要这样讲呢。

父亲的回信呢？信封信里，全是写给我的。严肃的文言文除了满纸的诲勉，还有对老师的夸赞与感谢。最后，几乎封封信都是固定的几句："父思家心切，归期不远。望转禀汝母，多多珍重。"

当我转禀母亲时，她却似听非听。直到晚上忙完家务，才拔下发针，把菜油灯芯挑得高高的，坐下来自己仔仔细细地一

---

① 出自五代牛济希《生查子》。
② 出自白居易《得行简书，闻欲下峡，先以诗寄》。

遍又一遍地看。不知她看懂多少，但从她脸上的神情看得出，她是非常欣慰与满足的。

看完信，她就会说："写封回信给阿爸吧。"我说："您自己写嘛。"母亲立刻说："我若会写信，还淘你的气？你读了这许多书，不代我写信，养你有什么用？"她边说边笑。我自觉代母亲写信"劳苦功高"，每回写完，就把手一伸，起码要一枚银角子，然后跑到街上买亮晶晶的水钻发夹或双妹牌香水精。若是晴朗的好天气，就要求穿一整天从北平寄来的新衣服，东荡荡、西荡荡的，去出风头。

为母亲代写家书，在我记忆中是最快乐的一件事。后来到了杭州进中学念书，母亲大部分时间留居故乡，我的职责就变成代父亲写信给母亲了。其实父亲明明可以自己写的，他不写，大概是出于一家之长的权威感吧。再说母亲也不能亲笔写回信，我离开她以后，她看信、写信都得倚赖二叔。父亲有什么事要吩咐，就索性直接给二叔写信了。叫我代笔写信，多少还是表示对母亲的关心，我更加不能不写。

代父亲大人写信，可不像代母亲写信那么好玩。父亲不喜欢白话，我得写僵硬的文言。写完，先由老师改一遍，誊清以后，毕恭毕敬地呈阅父亲，写出来的信才真叫辞不达意呢。幸得我自己会单独再用白话写一封长长的信，与母亲细诉心事。不管母亲认不认得我的"蟹酱字"（这是母亲对我这一笔"大字"的形容词），反正耐心的二叔会一句句念给她听。

有一段时期，父亲回故乡住了好几个月，这是他和恩爱的二妈第一次远别。于是我这个"代书"竟也要担负起代她写信给父亲的任务来，我的心情真是非常复杂矛盾的。她第一回叫我写信时，我问她用文言还是用白话，她和气地说："用白话吧，可以说得比较清楚些。你只管照我嘴里说的写吧。"我心里想：你原是知书识字之人，何必要我代笔？于是她说一句，我写一句。有时她念的句子很像小说《春明外史》里的词儿，我也照写；写错了字，涂涂改改，她也不责怪，还连声说："不要紧，不要紧，只要你阿爸看得清楚就好了。"我还真担心父亲看了我"挂灯结彩"的信会生气呢，但不必我重抄，总是高兴的。

写完信，开好信封，她并不马上寄出；到了夜深人静之时，到书房里关起房门，把信仔仔细细重抄一遍。原来她只是因为有许多字写不出来，不得不由我起个草稿，自己还是要把它抄成亲笔信。真是用心良苦，也见得她对父亲的似海深情了。想到父亲读她的亲笔信时，心头会有多么甜美，我不由得在心中暗暗叹息："妈妈呀！你为什么不亲笔给阿爸写信呢？"

父亲去世以后，"代写"家书的日子就此结束了。

在上海读大学时，同班一位同学是中西女中 ① 毕业的，我时常向她请教英文，她就请我用那三句半的文言代她回追求她的男同学的信。那些信多半是引用莎翁名句的英文信，读来荡气回肠。但她偏偏要用文言作复，表示她的尊严与学贯中西。直到他们感情有了进展，我就功成身退。有一次看她居然边写信边掉眼泪，我开玩笑地对她念了两句诗："相思本是无凭语，莫向花笺费泪行。"② 她若有所悟地浅笑一下，说："这样说起来，还是得由你代写到底。免得感情陷得太深，不能自拔。"

毕业后留校任助教，兼教务处工作，并代写宗教团契千篇一律的英文信，因此学会了打字。那是我"代书"生涯中最最呆板、枯燥的一段时期。

---

① 美国基督教组织于 1892 年在上海创办的中西女塾，宋氏三姐妹都曾就读此校。1930 年改名私立中西女子中学。1952 年与圣玛利亚女中合并为上海市第三女子中学。

② 出自宋代晏殊《鹧鸪天》。

珍珠港事变后，上海不能久留。我回到故乡，在山城任法院书记官，并为院长处理函件。开始时非常紧张，渐渐地才知道，所有函件无非是求职信或大官的推荐信。我奉命将这些信件一一列表登记，在每个人名上用红笔画上双圈、单圈、三角等，以区别推荐人的身份高低、交情深浅，作为复信早迟的标准。至于那些毛遂自荐的，则必须在上面打个××，一律不予置复。我为他们来信的石沉大海感到万分不安与歉疚，却又无可如何，因此领略到官场人际关系之微妙与所谓"八行书"①意味之深长。此际的"代书"心情是非常沉重的。

幸得抗战胜利后，工作调整，不久，我即回到母校教书。代书生涯终告结束，我总算有充分时间写自己喜欢写的信了。

七八年来，因外子工作调动，两次旅居海外，写信成了我生活中重要的一环，也是一份最快乐的享受。盼到了朋友们的来信，一封封慢慢儿展读，慢慢儿作复，有如与万里外友好促膝谈心。他工作忙，生性又懒得提笔。他的信，除了公务的，都由我代复。他的几位总角之好退休后闲来无事，颇爱写信话家常，谈旅游。他都一概不回信，自然地，都由我"代拆代行"，就此又做了他的"代书"。他也视为当然。想想他享有读信之乐而无回信之责，我不免有点不甘心。他却笑笑说："这样多好！你既然直接给他们写信，就不必当我的'代书'了。"

事实上，我又开始了"代书"岁月。

原载《联合文学》创刊号

---

① 旧时信纸多以红线直分八行，"八行书"即信件。

此处有仙桃

　　将近二十年前，我住在台北新生南路时，邻近有一间兼卖车票的小小杂货店。老板娘面团团的，非常和气，普通话说得不好，却很爱和顾客聊天。我每回去买东西时，就把有限的几句闽南语拿出来和她交谈，她笑得咯咯咯，夸我讲得"卡好"，因为她都听懂了。

　　有一天，我看见玻璃窗上贴着一张纸条，写着大大小小、歪歪斜斜的童体字："此处有仙桃。"她指着纸条得意地告诉我，是她念小学一年级的小儿子写的。我问仙桃是什么，她指指玻璃瓶里的浅紫色小粒说："这就是仙桃，卡好呷啊。"就伸手取出一粒叫我尝。我一尝，确实好吃，酸酸甜甜，正是我最喜欢的山楂甘草的混合味，马上买了一大袋，还不到五毛钱。带回来装在各种可爱的小瓶子里，书桌、床头、手提包里各放一瓶。有时在昏昏欲睡的会场里，朋友们都知道我的手提包像八宝箱，问："有吃的吗？"我马上取出瓶子说："此处有仙桃。"于是每人数粒，吃得津津有味。我扩大宣传说："仙桃不但有生津止渴、提神醒脑之功，如长期服用，还可使肠胃清洁，情绪稳定，灵感充沛。终日伏案工作的朋友们尤不可一日无此君。请大家告诉大家。"听得他们将信将疑，我却乐不可支。

　　外子是拒服中药的"崇洋者"。他看我奉仙桃为仙丹，讥我犯了幼稚病，问我究竟多大年纪了，还吃这种骗小孩子的糖果。我一本正经地回答："每日口含仙桃数粒，保你青春常驻。"他只好大摇其头。可是有一次在公共汽车上，汽车味夹着汗臭熏得他作呕，问我有没有带什么药。我立刻打开手提包说："此处有仙桃。"他苦笑一下，万不得已含了两粒，居然立刻见效。从此他也接受了仙桃，于是仙桃成了我二人居家旅行的万应灵丹。

由于经常买仙桃，大量买仙桃，杂货店老板娘和我成了好朋友，买东西总要主动给我少算几毛钱。我送她一个自己用彩色毛线钩的袋子，给她装零钱。上下班经过时，总要和她摆摆手，打个招呼。她常常喊："太太，今天仙桃卡新鲜。"我去买日用品时，她就抓一把仙桃送给我。我口含仙桃，品味的不只是山楂甘草的酸甜味，也是一份纯朴的温馨友谊。

两年多后，我们有了宿舍，搬离新生南路。因工作太忙，很少去那边看看房东，也就没机会见到杂货店老板娘，心中不时挂念她。至于仙桃，别处也都有，墙上也常贴着"此处有仙桃"的条子，但都是印成的，而不是手写的童体字。我很想去老地方和老板娘说说闽南话，却总没时间。直到将近三年后再去时，新生南路中央的大水沟已经填平，成了一条宽阔的五车道大马路，小小杂货店已不知去向。我怅惘地站在那儿好半天，原当为市容的日趋整洁而高兴，心里却总念着那句"此处有仙桃"的可爱标语和老板娘和蔼的笑容。人生有时实在像没头苍蝇似的无事忙，我奇怪自己在长长的三年中怎么就抽不出半天时间去看一下仙桃店主呢？她究竟姓什么，我都不知道，当然以后也不会再见到她。她面团团的笑容，只有永留记忆中了。

时代渐渐进步，我所喜爱的仙桃也渐渐绝迹。"此处有仙桃"的标语再也看不到了。书桌上、枕头边、手提包里放的不再是仙桃，但也不是辣辣的仁丹或怪味的口香糖，我宁可装点甘草片或西洋参片，至少有清心健脾之功，但总觉得是药，而不是可口的仙桃。直到有一回和大学同事搭车旅游，感到头昏，她取出一包黑漆漆的小粒，告诉我叫做柚子茶，让我尝一粒。我觉得味道竟和仙桃极相似，大喜过望，托她一口气买了两包，真有好友重逢般的欣喜。

这种柚子茶是在整颗柚子顶上挖个洞，榨去汁后，配以中药制成。至于配的什么药，制作过程如何，都是台湾南部某小镇的家传秘方，外人不得而知。由于没做宣传广告，也就很少人见到，市面上的糖果店里根本买不到，必须在老式的菜市场偶尔遇到流动小贩才有得卖，因此这两包柚子茶可说得来不易呢。

前年去麻豆①，和朋友讲起仙桃的故事，又说到新发现的柚子茶。她热心地为我走遍小镇的大街小巷，就是访不到柚子茶。我心想，麻豆产文旦，怎会没有柚子茶呢？失望地回来，只能格外珍惜地省吃所剩不多的柚子茶。那股温和的中药香味使我惦念起种种旧时情景，心情既温馨，也怅惘，也因为"此处有仙桃"那句朴拙的广告词，总有去日苦多的无限沧桑之感。

来美前，匆忙中不及托同事再买柚子茶，只把所剩的半包带上。旅途劳顿，加上欧美饮食不对胃口，柚子茶成了时刻不可少的良伴。到美后所余无几，只得万里迢迢地请同事为我千方百计买了寄来。好心的她给我多寄来两大包切碎的和一颗完整的柚子球，让我多闻闻原始的香味。我真如获至宝，感到自己一下子变得好富有，好安全，因为客居的我至少可以安安稳稳地服用从台湾本乡本土带来的万应灵丹，再也不虞匮乏了。

———————————

① 位于台南市麻豆区，为西拉雅部落平埔族四大社之一的麻豆社聚居地。

每回取出一粒香香的柚子茶含在嘴里时，都不由得轻声地念一遍："此处有仙桃。"并默祝那位再也没有机会见面的杂货店老板娘健康幸福。

原载 1984 年 11 月 13 日《世界日报》

笑的故事

　　老牌影星胡蝶颊上的酒窝，笑起来最迷人。初中时代，我与同学左一张右一张抢购她的照片，没想在台湾居然与她见了面，一同谈笑，合拍照片，还由她亲笔签名赠送《锁麟囊》剧照。大家都已是花甲之年，面对她，我却像回到少女时代，非常开心。看她的一对酒窝，竟是"老而弥深"。我们夸她酒窝迷人，她说："酒窝是笑出来的呀，多笑笑就会有酒窝了。"她又说以前她先生有时拉长一张脸，不笑也不说话，她就拿一面镜子给他，说："照照看，这样的脸好不好看？"她真是一位懂得生活艺术的老艺人呢。

　　我的中学校长非常严肃，对学生说话时从来没有笑容，一对眼睛瞪得大大的。我们在背后都喊她"猫头鹰"。可是训导主任恰巧相反，总是笑口常开。校长怪他不够严肃，他就说《圣经》上说的："'快乐微笑的时候，只牵动面部筋肉十三条；忧愁皱眉的时候，却要牵动六十五条筋肉。'为什么不快快乐乐地笑呢？笑才不容易老啊。"所以我们都好喜欢他，给他起外号叫"号兵"，因为他说话的时候总喜欢把手圈在嘴上做出吹号的样子，正巧他的别号又是"浩滨"。校长以外，还有两位女老师也是不笑的。一位是教音乐、唱歌的曹老师，一张四平八稳的白板脸，粉又搽得厚，我们在背后都喊她"曹操"。她教我钢琴，把我整得本该有的音乐细胞统统死光,我因此恨透了钢琴,也恨透了她。我真不明白,一个教音乐的怎么会与笑绝缘?她弹的应该是人生的最低调吧?

　　另一位不笑的是教生物的马老师,长得可真是漂亮:二十多岁的年龄,入时的打扮,后颈挽一个松松的髻,加上细白的皮肤、清秀的眉眼和不高不低的鼻梁,如能一笑,可真是百媚生,偏偏她就是不笑。上第一堂课时,她绷着脸对我们说:“我有一个习惯,从不记学生的名字,点名只点座位号码。还有,我上课的时候,学生们绝对不许说话,不许笑。”我们一时都吓得鸦雀无声。莫非她是科学怪人,把我们都当机器零件看,所以只认号码不认人?可是她讲课讲得真好,在黑板上画的一片叶子、一朵花瓣、一只昆虫,真是惟妙惟肖,清清楚楚,一丝不苟。想来她只对动植物有兴趣,对人没兴趣吧?

　　有一次,她讲生命历史最悠久的蟑螂,叫我们观察蟑螂,画蟑螂。我生平最怕的是蟑螂,活的不敢捉,就捏着鼻子去实验室借来用大头针钉着的死蟑螂,战战兢兢地偏偏又把一条腿弄掉了。我不禁喊起来:“马先生,我的腿断了,怎么办?”同学们都忍不住大笑起来。马老师喝道:“不许笑,潘希真不小心弄断了腿,有什么好笑?”大家听了,更想笑,因为她明明说不记我们名字的,怎么又叫名字?而且叫得一点不错。她“蹬蹬蹬”地走过来,帮我把蟑螂腿摆好,说:“再小心地画。”我后座的同学沈琪既聪明,又顽皮,画得一手好画,她悄悄地说:“我来帮你画。”她把蟑螂连纸拿过去,画出来的却是一只奄奄一息俯卧的蟑螂,一条断腿离得远远的,一群蚂蚁围绕着,正想把它扛走。蟑螂的尾端也有几只蚂蚁在爬,边上写了两个字:“施舍。”我看着,愣在那儿半天,心里好难过,却真佩服她想得出来。我说:“你画的是丰子恺的漫画,马先生一定更生气了。"马老师又"蹬蹬蹬"地走过来，看了一下画，一声不响就把画收去了，对我说："现在不是上图画课，我要你们仔细观察昆虫。你先只画一条腿好了。"沈琪向我做了个鬼脸，得意地说，"她一定很喜欢我那张画呢。"

有一次语文课正教了《笑笑先生传》，下一节就是生物课。十分钟的休息时间里，沈琪在黑板上写了"笑"与"哭"两个字，下面写着："你们看，哪一个字可爱？"马老师进来了，对黑板看了一下，拿起板擦来先擦去"哭"字，再慢慢地擦去"笑"字，但她脸上仍旧一丝儿笑意也没有。沈琪忽然举手问道："马先生，我知道猴子会笑，猫狗会不会笑呢？"马老师说："动物本能的动作和声音就可以互相表达感情，也像人类的语言和哭笑。我们仔细观察，就会分辨得出来。"另一位同学马上追问："那么小麻雀会笑吗？"大家想笑又不敢，马老师瞪了她一眼，说："你大清早自己仔细地听就好了。"大家老是问"笑"的问题，无非想逗马老师笑一下，因为我们都相信她笑起来一定很美。但她还是不笑。

我们举行春季远足，级任房老师和马老师是好友，请了她一同去。房老师和蔼极了，我们问她："马先生喜欢我们吗？"她说："当然喜欢，她说你们聪明又顽皮。"我们说："那她为什么不对我们笑呢？"房老师说："你们看吧，今天我一定会逗得她笑。"

坐在西湖船上，沈琪已悄悄地画下马老师的像，是一张笑嘻嘻的脸。我说："不像嘛。"她说："等她一笑就像了。"

房老师开始讲笑话了。她说：喜欢恶作剧的徐文长有一天看见一个妇人在坟前哭泣，想逗她笑，就走到旁边的坟前跪下来祝告："娘呀，儿子很穷，买不起吃的来祭你，想起您生前最最喜欢看儿子翻筋斗，儿子现在就翻个筋斗给娘开开心。"说着，他一骨碌翻了个筋斗，逗得那妇人不由得挂着眼泪笑起来。

我们听了也哈哈大笑。看看马老师，果然抿着嘴儿笑了。沈琪立刻把画像递给她说："马先生，给您的画像。"我们看看马老师，又看看画像，觉得沈琪画得真像，因为马老师笑了。

马老师说："沈琪，你这次画的，比那次画的断腿蟑螂可爱多了。"原来沈琪的名字，她也记得清清楚楚。于是同学们都纷纷问她："马先生，记得我叫什么名字吗？"

"记得。"她说："可你们是第几号倒又不记得了。"她笑得更灿烂了。从此，她上课再不绷脸，我们对生物课也更有兴趣了。

1984 年 5 月 26 日

　　　　　　　　　　　　笑的故事

头发与麦芽糖

每回梳头发梳得不顺心，梳到右边偏偏翘向左边时，就直想拿把大剪子，"咔嚓"一下，把一绺不听话的头发剪下，也马上想起满口甜甜软软的麦芽糖来。

麦芽糖跟头发有什么关系呢？是我贪吃麦芽糖，把它粘在头发上了吗？不是，是因为小时候，我常常剪下头发换麦芽糖吃。

每回听到卖糖的"咚咚咚"地摇着拨浪鼓来了，我就急急忙忙跑到后房，在母亲堆破烂的篾篓里掏，掏出破布、蜡烛头、旧牙刷、玻璃药瓶等塞在口袋里，再急急忙忙跑到后门口，统统捧给卖糖的老伯伯。他一样样当宝贝似的收下，然后用小铁锤在刀背上一敲，切下一片麦芽糖递给我。糖薄得跟纸似的，一放进嘴里就贴在上颚的"天花板"上，慢慢溶化。我的眼睛总是盯着那一大块圆圆的糖饼，舍不得走开，看他竹箩里塞满了乱七八糟的东西，都是用糖换来的。有一天，我问他："伯伯，你要这些东西做什么？"

"换钱呀！都是有用的东西啊！破布可以做拖把，搓绳子；蜡烛头可以熔开来再做蜡烛；玻璃瓶卖回工厂去。"他摸摸我的头，说，"头发和猪毛我也要。猪毛做刷子，头发结发网。"

这一下，我有主意了。每回母亲梳头时，我都耐心地在边上等。等她梳完头，我就帮她把梳子上的头发一丝丝理下来，用纸包好，等着换糖吃。母亲看我变得这般勤快起来，还直高兴，岂知我是另有用心呢？

可是母亲的头发并没有掉多少，要累积好多次才能换来一小片糖。我老是问："妈妈，你怎么不掉头发嘛？"母亲奇怪地说："你这个丫头，难道你要妈妈快点老呀？"我连忙说："不是的，是因为……"还是不说的好，怕母亲觉得不吉利。母亲的忌讳是很多的。

于是我想起自己一头猪鬃似的头发，又粗又硬，披到东边翘到西边，好难看啊。我躲在房间里，对着镜子从里面剪下一撮，再把外面的盖下来，是看不出来的。可是一次次剪得多了，短头发就像茅草根似的冒出来。母亲看到了，觉得好奇怪，问我："你的头发怎么了？"我结结巴巴地说："太多了，好痒，剪掉一些。我看二婶也是这样从里面剪的。"她大笑，说："傻瓜，二婶梳头，是嫌头发太多不好梳。你是小孩子的短头发，怎么能这样剪呢？再剪要变成瘌痢头了。"我只好供出来是为了要换麦芽糖吃。母亲想了想，说："不能再剪头发，我来找东西给他。"于是找出我小时候的旧衣服、鞋袜等，包在一起交给我。我好高兴啊！

卖糖的又摇着拨浪鼓来了。母亲叫我把东西给他，自己又捧了满满一大碗的米，走到后门递给他，说："再给找一片，我要供佛。"老伯伯说："这一包东西就很多了，不要米了。"母亲说："要的，要的，这是大米，熬粥给孩子们吃才香呢。"

老伯伯切了三片厚厚的麦芽糖给我们，高高兴兴地走了。母亲望着他的背影说："那点儿破旧东西能换几个铜板呢？看他好辛苦啊！"

我咬一口糖含在嘴里，另两块捧到佛堂里供佛。想起老伯伯接下母亲那一碗米时脸上快乐的笑容，觉得嘴里的麦芽糖格外香甜了。

原载 1984 年 12 月 23 日《世界日报》

思"厕"幽情

　　文章写到以茅厕为题，此人的灵感大概已到山穷水尽的地步了吧？其实厕所是人人生活中不可一日或缺的，只是绝不像供饮食的餐厅、酒吧等让人们如数家珍，津津乐道。不过在比较年长的一辈记忆中，对于厕所的"沿革"，由乡下恶臭四溢的茅坑到今天豪华旅馆里美轮美奂的化妆室、休息室等，半个多世纪以来，生活享受上的日新又新，未始没有一些值得回味的事儿呢。

　　日前读小民①写故都风物的《借光、二哥》一文，才知道北平人是如此多礼数与富于人情味：对清除厕所的工人称"二哥"，一声"借光"，尤为亲切；对使用的工具赋予"元宝""一轮明月"等美称；于新年时，更在车额上贴起"一轮通日月，双履定乾坤"的春联。真可说得是"道在粪溺"，使辛勤负责的"二哥"能以怡悦的心情处理人人掩鼻而过的污物。这篇文章不免引我发思"厕"之幽情。

　　我生长在闭塞的农村，每天看农夫们在田里工作，小孩子则嬉戏追逐于阡陌之间。可说百步之内，必有"芳馨"。那虽是供行人方便的公厕，却是各家就自己田亩附近搭建，内中的天然肥料也就界限分明，各有所属，所谓"肥水不落外人田"也。

---

　　① 原名刘长民（1929—2007），台湾散文家。作品有《故都乡情》《回忆曲》等。

有个笑话：一家人家要雇个短工帮忙，条件是不供三餐，却必须在雇主家如厕。精打细算到这地步，可见乡下人的简省刻苦了。

　　那时许多人家在自家围墙之内的隐蔽处都搭有小型茅厕。我家算是官宦人家，所以围墙内没有茅厕，而且父亲用的是从外路带回的瓷质马桶。他自己画了一张好像太师椅的图样，叫木工特制一个架子，坐上去稳若泰山，可以抽烟，可以吟诗。顽皮的小叔常常羡慕地叹息："我若有朝一日能坐到这种太师椅马桶，就算出人头地了。"他说，能用这种马桶，即表示身份高人一等呢。

　　那时每逢春秋佳日，许多外地游客和本村的人都会来潘宅游览，摸着亮晶晶的玻璃窗和飞金屏风，连声啧啧地低喊着："得意险啊！"（家乡话，好享福之意）最后，他们都要见识一下闻名已久的太师椅马桶。母亲总觉得很不好意思，父亲却不厌其烦地为他们解说这种瓷质马桶的卫生、方便。他们听着，嘴里虽唯唯称是，心里却未见得接受，因为我曾听见他们悄声地说："那里面掺了什么消毒的臭药水，就不能肥田了，多可惜。我就不相信，哪会有什么毒？"

　　一般的木制马桶都放在大床里的踏凳上，紧靠着眠床，外面再套个四方的木匣子。踏凳前方有深蓝色帐幔低垂，非常隐蔽。马桶由长工每三天倾倒一次，逢初一十五，得延后一天，因此常有异味弥漫室内，不易放散。有的在梳妆台上点燃一支香，那种混合的气味又很特别。富户人家的那只木匣用名贵的金漆漆过，那就严密得多。因此凡是娶媳妇的人家，新娘的嫁妆进门时，做婆婆的就很注意那张有规模的木床与金漆马桶。有的新娘嫁妆齐全到有两只马桶陪嫁，一只供日常用，一只准备生产时用；里面装的是红枣莲子花生桂圆，为讨"早生贵子"

的彩头。可见做母亲的为女儿设想之周。但如果是后娘，就没有了。如新娘过门一年后，尚未传喜讯，婆婆就要说闲话了："红枣莲子也不知摆在哪里了？"这就是旧式妇女的悲哀。

记得我那位顽皮小叔娶亲时，新娘是大户人家的独养女儿，嫁妆非常丰厚，每样东西都用芸香熏过。走过她的新房，真是香气扑鼻。可是小叔在婚后第三天新娘回门以后，就坐在我家厨房里发牢骚，说屋子里只有金漆香、马桶香，就是没有书香。因他自幼是天才儿童，所以嫌婶婶没有读过书。母亲劝他说："你不要嫌啦！她又贤惠，又标致，明年给你养个大胖儿子，比什么都好。"小叔说："照大嫂说来，还是接生用的金漆马桶最重要啰。"

我最喜欢溜到婶婶的新房里，钻进她的大床，跪在马桶木匣上仔细端详床额上她亲手绣的麒麟送子图；也喜欢闻摆在梳妆柜上的双妹牌花露水香、鹅蛋粉香，觉得她真是一位高贵的新娘呢。

长大一点后到了杭州，初时还没有文明到用万马奔腾似的抽水马桶，但装木架的瓷质马桶非常普遍，家家都有，那就卫生多了。记得有一次，四大名旦中的梅兰芳来我家拜会父亲，女佣金妈正端了个瓷马桶从边门走出去，恰巧看见父亲送梅兰芳出来，便急急赶回来想一睹"芳容"，连马桶都忘了放下，差点儿跟贵宾撞了个满怀。风度翩翩的梅博士朝她手中之物看了一眼，笑嘻嘻地向她点点头，把金妈乐得几乎昏倒。客人走后，才想起手中牢牢捧着的宝盒，生气地往水泥地"砰"的一摆，说："鹅，拿格淘哉？"（意谓："我怎么搞的嘛？"是金妈的绍兴土话）我更是气得直跺脚，说都怪她端着这个宝贝瓷缸撞来撞去，害得我不能从正面把梅兰芳看个清楚，请他签名。

我家盖了新屋以后，父亲最重视厕所的舒适，将它设计得特别宽敞，里面安了茶几、靠椅与小榻床。因他患有严重的痔疾，如厕一次，非常辛苦，必须靠着休息好半天。他若早上如厕顺畅，这一天就气爽神清，家庭气氛也比较和乐，我的心情就感到格外轻松。所以每天下午放学回家，进门第一件事就是问金妈："老爷今天大解了没有？"金妈如乌烟瘴气地回答："牛啦！（没有啦）"我就悄悄地到自己屋里磨那些头大如斗的算术题。她如笑逐颜开地抢先告诉我"解过哉"，我就大摇大摆地去父亲书房，陪他吟诗，骗巧克力糖吃了。因此杭州新屋那间豪华的"休息室"在我的心中留下难忘的印象。

1949年初到台湾时，住的公共宿舍大楼只有几处公共卫生设备，感到非常不便。两年后配到一房一厅，第一次有一间属于自己家专用的设备，虽是日式的，那份满足却真是南面王不易焉。后来生活水准日渐提高，迁住公寓后有了抽水马桶，踌躇满志间更是得意。老伴总是说："粗茶淡饭可以甘之若饴，唯有一套清洁的卫生设备，却是万万缺少不得的。"

美国家庭主妇对洗手间的美化非常重视：手巾、手纸的色泽必与瓷砖相调和；小几上的美丽盆花、小摆饰，梳妆镜前的名牌香水等，不一而足，进其中如入芝兰之室。如果六一居士欧阳修生于今日，放洋新大陆，他那"三上"中的"厕上文思"①，想当更为充沛吧？

我倒是想起有一年应一位大学学生的邀请，去她在嘉义的家中小住。她家有一间另外搭建出来的小屋，延伸到稻田之中，三面临水，格外清幽宜人。夜深人静之时，但闻蛙声呱呱，颇有"田水声中一枕高"的情趣。令我难忘的是木板地上有一块

---

① 出自欧阳修《归田录》："余平生所作文章，多在三上，乃马上、枕上、厕上也。盖惟此尤可以属思尔。"

是活动的，可以来回抽动，下面的水田就成了天然的抽水马桶，既简便又卫生，可见当年南台湾农村生活的简朴。这位学生早已来美修得硕士学位，结婚生子，定居美国。不知她今天在舒适的美国式生活中，是否还会怀念起嘉义老家的水田小屋和静夜呱呱的蛙声呢？

旧日情怀

　　一张玲珑的琴几、一本封面破旧然而印刷精美的原版《小妇人》，是一位美国邻居搬家时丢弃、被我如获至宝地接收过来的，给我简陋的书房平添一份温馨与情趣。

　　我在小几正中摆一钵翠绿的兰草，围绕着它的是心爱的小摆饰——小动物、小花瓶、小娃娃……都是我离台时小心翼翼地包好，收在一只八宝箱里随身带来的。八宝箱里的小玩意无穷无尽，琴几太小，我只能每隔几天调换一批。调换时，一样样地摩挲把玩，一样样地追忆——这是家传宝物，这是一位好友送的，这是小读者寄来的，这是学生特地为我做的，这是我自己买的……每一样都有一段亲切的来历，心头感到好温暖。

　　在台北时，我有一只玻璃橱专摆小玩意，干女儿称它为"寂寞橱窗"，意思是说：感到寂寞时，对着橱窗观赏，就不寂寞了。现在客居生活简单，没有买橱柜，不妨把这张琴几布置成一座"儿童乐园"，让自己的心灵徜徉其间，忘忧，亦忘年。

　　琴几下有两根交叉的横档，我摆了几大本最有纪念性的相册。太古老了，有点不敢去触摸，尤其是一个人的时候。只有在老伴兴致来时，才与他一同翻开来，一张张细看，细数如烟往事。好友来时，也偶然抽出一本与他们共赏。可是那许许多多由照片引起的刻骨铭心的记忆与感受，又岂是别人体会得到、分享得着的呢？

　　书桌的一角摆着那本我极为喜爱的《小妇人》。我喜爱这本小说，不仅因为它是一部名著，作者以平易优美之笔写出人间无限亲情友爱，包含着至高无上的伦理道德观；更因为它是我初中时代英文课所采用的读本，我对它有着一份不寻常的感情与记忆。抗战期间，转徙流离，行囊中除了《论孟》与《庄子》之外，英文书就只有这部《小妇人》及其续集《好妻子》。我时常翻开来重温旧课，回味着当年课堂里慈爱的美籍老师施德邻授课的情景，整个心灵沉浸在她春风化雨般的谆谆教诲中，对于实际生活中的许多挫折与艰辛，都感到比较容易承受了。

　　施老师每回都以抑扬顿挫的声调带领我们朗诵书中最美、最感人的篇章，并要我们轮流扮演书中不同角色，背诵对话。在每月的全校英文表演会上，全班同学都要做充分准备，兴奋地等待着抽签上台表演。她用种种活泼生动的方法启发我们的心智，训练我们的说话能力，培养我们的文法基础。当她讲到忘我之境时，我们都觉得她就是书中慈爱的马区夫人 ①，我们就是围绕在她膝下的一群顽皮女孩。

　　《小妇人》的译者是郑晓沧先生 ②。他的第三个爱女郑珊珊是我的同学，比我低一年级。她娴静怕羞，弹一手好钢琴，可是体质文弱多病，我们都觉得她有点像《小妇人》里的三妹贝丝（Beth）。不幸的巧合竟是，她也像贝丝一样因病早逝了。我们虽不同班，但都对她印象深刻，感到非常伤悼。学校为她举行追思礼拜那天，郑晓沧先生来了。他含着眼泪，对大家致辞说："珊珊的性情非常温驯、沉静，对文学与音乐极为爱好，小

---

　　① 　又译马奇夫人（Mrs. March）。
　　② 　著名教育家（1892—1979），浙江海宁人。此处应指 1933 年版《小妇人》。

小年纪已能协助我整理文稿，代我抄文章，是我最最好的朋友和帮手。我翻译《小妇人》至贝丝之死时曾废笔而起，心中似有不祥预感。没想到她真的与贝丝一样，早早离开我了。"当他讲到父女相知之深、相依之切时，泣不成声，我们也都泪如雨下。最后，郑先生以低沉、肯定的语气说："请大家不要再悲伤，因为珊珊在人间虽只有短短的十几年，却活得很幸福，很快乐。如今她先蒙主召去，我们一家终将重聚。在天国里，大家都会再相聚。"

他用手帕抹去眼泪跨下讲台时，我见他两鬓花白，步履蹒跚。在哀伤的圣乐中，我不由得茫然地想："天国究竟在哪里？我们真的能和珊珊再见吗？"

因郑珊珊的去世，我们更多了一份对生离死别的体认。读《小妇人》时，对于三妹贝丝的早逝与二姊乔对贝丝超乎手足之情的知己之感也格外地感动了。

升高中以后，施老师虽不再教我们英文，却时时勉励我们要多多重读这本好书。对我来说，《小妇人》《好妻子》及续集《小男儿》始终是我最最心爱的书，也是我在忧患苦难中的良伴。大学毕业回到故乡，避乱山区，此书却不幸遗失了，我就像失去一个可以朝夕倾诉的好友似的。幸好在一座高中图书馆中找到一本，花了半个月时间全部抄下来。这样的抄本应该是比原版更值得珍惜的，来台湾时也带了出来，没想到在法院服务时，放在办公室抽屉中忘了上锁，有一天竟不翼而飞。与它同时失踪的是我的另一本手抄的《诗词我爱录》。这几十年来，每次想起，心头都嗒然若失。是哪个"爱书人"如此不谅，偷去我的两种海内孤本呢？

现在，我又有一本《小妇人》原版书了。它愈是古朴陈旧，愈是牵引我的旧日情怀。每晚临睡前，我都捧着这本书，抚摸一阵，再翻开来随意阅读，随心朗诵。施老师慈祥的笑容与语音就会在我耳边响起，我又回到天真无邪的中学时代。半生忧患都抛诸脑后，然后怀着温暖、感谢与宽恕的心情，酣然入梦。

夜深一枕梦回，床头的台灯还亮着。哦，这台灯又是老古董，式样古朴，铜质的灯台非常结实，它是一位阔别三十年、在海外重逢的老友送的。她原是一直把它收在地下室里，如今送给我用。灯罩破了两个小孔，因朋友是国画名家，她随兴补上一对翩跹飞舞的蝴蝶。真有匠心，也助我于梦中化作忘忧的蝴蝶了。

现在我的书房兼卧室里已充满温馨可爱的旧物了。捡来的小琴几虽不是我使用过的，可是它结实又小巧，使我一见如故。我奇怪邻居那对年轻夫妇何以毫不爱惜地将它丢弃。可能是他们的老祖母的吧？美国的年轻一代总追求新，房子、家具、汽车时常换新。他们不重视长辈的纪念品。有一次，我在车房大拍卖中看到连贴有长辈遗照的相册都摆出来卖，看了令人心酸。我不由得凝视这张小琴几与下面的一叠相册。有一天，我自己无能力处理它们时，它们将会有怎样的归宿呢？想到此，不由得自笑"人生不满百，常怀千岁忧"[①]的可怜。

我总是这般难忘旧情，觉得旧衣好穿，旧物好用，正如陈酒好喝，老朋友最可谈心。这种恋旧情怀，在今日现实的工商业时代，岂不也是一肚子的不合时宜？

原载 1984 年 12 月 27 日《中华日报》副刊

———————

① 出自宋代陈普《拟古》。

宝松师傅

每天早上，老伴提着公事包上班去，我总要从后面仔细端详他的发型，真是"横看成岭侧成峰"①，非常地自然潇洒。心里好得意，因为是我这位家庭理发师替他理的发。

在台北时，他每周去理发厅理一次发，每三天去洗一次头，到那儿往椅子上一靠，闭目养神，觉得是人生一大享受。旅居在外，可没这么方便了。周末没特别事才能开车去理发，来回时间相当浪费；而且每回理完发，对着镜子怎么照怎么不顺眼，不是修理得光秃秃的像个孩儿头，就是后颈窝剪得一刀齐像个老人头。看他一副愁眉苦脸，好像这三千根烦恼丝比我们女人的还难伺候。于是我托朋友从台北买来一把快剪刀、一条白尼龙大围巾，决心来为他施展"顶上工夫"。

他是个相当注重仪表的人，把大好头颅交付与我，起先实在有点不放心，问我："你真的会剪呀？"我说："你放心吧，我的手艺还真不亚于台北任何大理发厅的理发小姐呢。你可知道，我自幼是拜过师的。"自幼拜过师？他听了好笑，牛皮未免吹得太大了。我却确确实实地告诉他，我的师傅姓林，名叫宝松，有名有姓的，不由他不信。

---

① 出自苏轼《题西林壁》。

宝松师傅

宝松师傅教我理发的时候，我还不到十岁呢。当然不是正式拜师学艺，但他确实教过我几招基本手法，至今仍牢牢记得，只是一直英雄无用武之地。

童稚时代学的本领，到今天才拿出来使用，开始自是有点生疏，战战兢兢；几次以后，就一剪在手，游刃有余起来。给他剪出来的发，自认为是介于孩儿头与老人头之间的壮年头，使他显得精神抖擞，我也为之得意。因此，为他理发不是劳务，而是一份享受。手里的剪子"咔嚓咔嚓"地响，嘴里不免喃喃地念着："这里太厚，要打薄一点。宝松师傅教过我，剪子要斜起剪。""后面发根要显出微微梯形的斜坡，才不会土里土气地出现皮肤与头发之间黑白分明的一条线。宝松师傅教过我，梳子要托着剪子，慢慢往上推……"

究竟是怎么个剪法，怎么个推法，他根本看不见，只有任凭我宰割了，对我半个多世纪以来深藏不露、如今得以施展的手艺，倒也颇为欣赏。我呢？一面理发，一面沉浸在恍如昨日的童年情景中，为他细说宝松师傅。

五十多年前的农村乡下，没有谁文绉绉地说理发，理发就是剃头。宝松就是我们镇上的剃头老司，只有哥哥和我才称他宝松师傅。他十六七岁时仍在乡村小学念高小①。哥哥和我因家庭教师生脚气病请假，一度在小学里当旁听生，所以和宝松是同学。宝松跟哥哥最要好，也很佩服哥哥有学问，说哥哥是读书人，自己是粗人，粗人只能读到小学毕业，就要帮父母挑起剃头担子做生意了。他为此心里有点难过，常问哥哥："你说剃头老司有出息吗？"哥哥说："怎么没出息？爸爸说的，只要认真干活儿，行行都会出状元。"他听着，高兴多了。

_____

① 指小学高年级。

他没有了娘，父亲有气喘病。他是非常孝顺的，我们分给他好吃的东西，他都要留点带回去给爸爸吃；放学回家就做饭洗衣服，星期天还挑着担子给村里人剃头去。好在那时的剃头很简单，无论老少，都是剃个和尚头，宝松称之为"打光光"。他给我们讲过一个笑话：徒弟学打光光，起先是在冬瓜上练习刮的。师父有事一声喊，徒弟就把剃刀"咚"的一下插在冬瓜上。后来学出徒了，第一回给人打光光，绞洗脸布时也不由得把剃刀在和尚头上一插，插得人满头是血。我们听得笑弯了腰。

　　宝松头上有个很大的疤，形状像江苏省地图。有几个顽皮同学常常喊他："江苏，江苏，姓江名苏。"好脾气的宝松一声不响，哥哥就一拳打过去。他们说哥哥是倚势欺人，自以为有个在外路做官的爸爸。为此，宝松还劝哥哥别生气，他也格外感激哥哥。我们三人就成了莫逆之交。

　　宝松毕业以后，果真没再念中学，正式开起半爿剃头店来，另半爿由他的邻居国勤开裁缝店。国勤真是名副其实地勤奋，但因身体不好，连小学都没念完，却看了好多书，会讲很多"古典"。宝松说："他当裁缝真可惜了。他若是读书，一定会当秀才。"哥哥说："秀才是才，裁缝也是才呀。"国勤给自己取了个文绉绉的别号叫"秋风"。他说："秋风如剪，因为我是拿剪刀的。"宝松说："我也是拿剪刀的，只不过他是坐功，我是站功。"打坐功的国勤身体很单薄，苍白的脸总像在想心事，我们都喊他"白面书生"。听说他有肺痨病，常常吐血，竟然因一次重伤风死了。"秋风"只一阵子就吹过去了。宝松想起他就哭，说他因为不甘心当裁缝，总是不快活，才会早死。宝松认为，既然是一个人注定的命、钉死的秤，就不要心比天高了，所以他很安心地干他的活；晚上有空，就读国勤留给他的书，遇到不认识的字就问哥哥。他常常告诉我们，半夜里看书，好几次看到菜油灯爆出灯花来。爆灯花是大吉大利的，我母亲就说过，宝松这孩子一定会有出息。

我们读完书就到他店里去，哥哥讲故事，我帮着递剪子、剃刀、耳挖子，帮着绞洗脸布。看他剃头的手势那么纯熟，跟在课堂里写阿拉伯字母时七歪八翘完全不一样，尤其是给小学校里两位留西式发型的老师剪时更是聚精会神，慢雕细琢。我在一边看得入了神，默默地记住他的手法，回家就拿了母亲裁衣服的大剪刀和一把细细密密的黄杨木梳，给我心爱的黄狗剪起毛来。阿黄伏在我怀里，舒服得直打哈欠，一身毛被我剪得七零八落。它抖了几下，就去蹭母亲。母亲又气又笑。哥哥去告诉宝松，宝松说："你要学剪发就在我头上学。"原来他为了遮盖头顶那个大疤，已经留起西式发型了。但每回一低头，那绺长发就滑下来，仍旧露出光溜溜的疤。因而我不敢给他剪，生怕碰到他的疤，他心里不舒服。其实他并不在乎，总叫我仔细看他剪，然后在他后颈练习修剪发根，剪刀与梳子配合着向上推，然后直起剪，斜起剪。那几招基本动作，他教得很认真，确确实实把我当徒弟。我也正正经经地左一声"师傅"右一声"师傅"地喊他，喊得他好高兴。

时代渐渐文明了，姑娘们剪去辫子，梳中分头、童花头的一天天多起来，还有人烫发呢。宝松特地去城里学了烫发，买了两把烫钳回来。我要学的名堂更多了。宝松在镇上的名声越来越好，哥哥高兴地说："宝松，你担心剃头老司没出息，这下子你不是出名了吗？现在是文明时代，剃头老司要称做理发师。理发师与学校里的教师都是师，地位平等。"宝松乐得咧开嘴，露出一颗闪闪发光的金牙，那是生意兴隆以后特地去城里镶的。"阿爸叫我镶一颗金牙聚聚财。"他说。

父亲乡居的那段时日，都是去城里理发。宝松有一天叹口气说："我宝松若能给潘宅大老爷理个发，该有多体面？"哥哥马上去央求父亲："爸爸，宝松好想给您理发啊。"父亲笑笑说："他会理我这样的平头吗？不是打光光哟。"母亲连忙说："怎么不会？他理得比城里师傅还好。"使眼色叫我们去请宝松，因为请宝松理发比去城里理发省钱多了。我们飞奔到店里，拉着宝松说："快，快到我家给爸爸理发去，把你新买的围巾带去。"我们替他提着篮子，他傻愣愣地跟着走，一路上嘀咕着："不对啊，大老爷剪的是将军头，我还没剪过。将军头不能用推剪推，也不能用剃刀刮，要用剪子一厘一毫地修，我的手一定会发抖。"哥哥说："你放一百个心。我爸爸和气得很，他知道你很有名，一定会喜欢你的。"我们拼命给他打气。

　　到家时，父亲已坐在廊下藤椅里等着，母亲果然说服了他。宝松结结巴巴地喊"大老爷"，哥哥说："你喊伯伯嘛，我们是同学，你还是我妹妹的师傅呢。"父亲也笑了。宝松打开雪白的围巾，围在父亲的脖子上，前后左右仔细地看了半天，小心地问："大老爷要剪西式平头还是中式平头？"父亲好奇地问："平头还有西式中式两种吗？""有啊，中式的是中央平平的，像稻草，四面方方正正。西式的是中央高一点，四面八方圆下来，看起来格外年轻。"父亲高兴地说："那就剪西式的吧。你倒是真仔细，城里师傅都没对我这么说过呢。"我不知道我的师傅哪来这一套本领，他给哥哥剪的像头顶上长了一蓬葱，到底是西式还是中式呢？

　　宝松毕竟是第一次给父亲理发，求好心切，不免有点紧张，剪着剪着，手真的抖起来了，把父亲的头发剪得高高低低，长长短短，既不是西式，也不是中式，更不是将军头。哥哥和我好懊恼，母亲却一直在旁边夸他。剪完，给他四角钱，他怎么也不肯收。回到店里后，直跺脚生气自己的手怎么会这样不听

　　　　　　　宝松师傅

使唤。他问我们："大老爷一定很生气吧？不过我觉得他好和气，直喊我'宝松宝松'的。你妈妈真太好，有她夸我就够了。无论如何，我总算碰过潘老爷的头了。他是当过将军的，我真想有一天能给他剪出个威风凛凛的将军头。"

我们把这话告诉父亲，父亲只是笑。不到半个月，慈爱的父亲竟叫我们陪着散步到宝松的店里，往那把唯一的椅子里一坐，高声喊："宝松，来给我剪头发。"宝松傻住了，结结巴巴地问："大老爷，真要我剪呀？"父亲说："不要喊我大老爷，喊我伯伯。我现在不是将军，也不是官，是平民老百姓。你只管剪，剪个什么样儿的头都行。"

宝松好高兴，抖擞着精神，"咔嚓咔嚓"地真的为父亲剪出个有棱有角的将军头；又给他捶肩膀，挖耳朵，伺候得父亲好安逸。因为他太卖力了，前额一绺头发滑下来又甩上去，甩上去又滑下来，光溜溜的大疤总是露出来。我反倒觉得那个疤是宝松的记号，有它，才是哥哥的好朋友，我的好师傅。

剪完发，父亲给他四个角子，他硬是只收两角，说："价钱要划一、公道。本来这两个角子都不该收的，给大老爷理发多体面啊！"

街上来往的行人看见父亲坐在宝松的店里，觉得好稀奇，都说："宝松，你出运啦！潘宅大老爷都叫你剃头啦！"宝松咧着亮晶晶的金牙，特别纠正说："不是剃头，是理发。我给大老爷理个西式的将军头。"哥哥说："这回你的手不抖了吧？"他说："一点也不抖。阿爸对我说的，只要有手艺，皇帝的爸爸来，也要定下心给他理。人都一样，没哪个头上多长一只角呀。你看我今天剪得多顺手！也因为大老爷那么和气，我心里一高兴，手就不抖了。阿爸说过，做事要心里高高兴兴，就会顺利。"

宝松真是一个好人，我觉得从他那儿并不只学到几招剃头的手艺呢。

　　父亲带哥哥出门后①，我一个人就很少去宝松店里了。因我渐渐长大，老师对我的功课盯得很紧，只有逢年过节才有时间去他店里，看他忙忙碌碌地工作；也不像以前那样帮他递剪子、耳挖子，只一声不响地站着，看他双手纯熟的动作，在心中一一默记。

　　到杭州以后，我们就不再通音讯了。

　　没想到几十年后的今天，我会用得着这套本领，所以格外想念起宝松师傅来。他如仍旧健在，已经是八十多岁高龄的老人了。我想他一定不会再留摩登的西发，一定只剃个"打光光"的和尚头，那个江苏省地图形状的光溜溜大疤也一定格外鲜明了。他，就是有特别记号的宝松师傅，我永远不会忘记他。

原载 1984 年 7 月 26 日《联合报》副刊

---

　　①　此处或指潘父于 1925 年赴京就职。

阿标叔

阿标叔是我故乡老家的花匠，年纪比长工阿荣伯小十几岁，所以我喊他叔叔。他们都是非常疼爱我的长辈，但我这个小小人儿在他们两个人之间要花点心思拉拢，因为阿荣伯信佛，阿标叔信耶稣。阿荣伯看不得阿标叔捧着一本《圣经》读，每餐饭前还要低头念念有词地祷告。阿荣伯说："我们又不是番人，番人才信番教。"阿标叔说："佛祖也是印度人，不是中国人呀。"阿荣伯愈加生气了，说："我们老祖宗多少代都是念'阿弥陀佛'的，谁听见过什么'野荷花'的？"我在一旁拍手大笑说："是耶和华，不是野荷花啦。"阿标叔却不作声了。

每到星期天，阿标叔就放下所有的工作，捧着《圣经》去附近教堂做礼拜去了。这也是阿荣伯最最不高兴的。

有一天，他从教堂回来后，端一张藤椅坐在廊下，专心致志地读《圣经》，连母亲喊他帮忙扫个地都不答应。他说："今天是安息日，只能给上帝工作，凡间的事是不能做的。"母亲笑笑，也不勉强他。阿荣伯说话了："你看信'猪肚教'（基督教）的就是懒嘛。我们信佛的，只晓得一年忙到头，哪有什么安息日？安息日不吃饭、不撒粪啦？"母亲连连摇手叫他少说两句，我尤其着急，生怕阿标叔听见了生气。谁知他读着《圣经》早已呼呼睡着了。

老师从书房里慢吞吞走出来，手里拨着佛珠。他是吃长斋的虔诚佛教徒，阿荣伯马上问他："你是先生人（读书人），你倒说说看，这样好的天色（天气），大家都在忙，他坐在大太阳底下打瞌睡。信教的是这样懒骨头的呀？"老师说："你不要看了他读《圣经》就有气。《圣经》是经，《弥陀经》《金刚经》也是经。信耶稣、信佛都一样，各人心里有一位神佛。神佛是慈悲的、圆通的，你若看了信基督教的不顺眼，就不像个信佛的了。"阿荣伯还是气呼呼地说："要么，他就信；要么，他不要坐在我眼面前读《圣经》，打瞌睡，三餐饭前不要祷什么告。"我抢着说："阿荣伯，你这就不公平了。你不是每样新鲜菜、新鲜水果都要先供过佛，拜了三拜才坐下来吃吗？"老师说："对啊，你感谢菩萨，阿标感谢上帝赐饭给他吃。人人都应当有感恩的心。"阿荣伯说："谷米明明是我们种田人辛辛苦苦种的，凭他坐在那里读《圣经》就有饭吃啦？"母亲大笑说："你种了田，没有天公保佑风调雨顺，谷米长得出来吗？我们信佛的靠天，他们信耶稣的靠上帝，我想想都是一样的。"母亲才真正是个圆通的人。她说："只要是信教的，心里时刻想着神佛，拿神佛做榜样，就是好人。好人就有好报。"

　　听他们这样谈论着，我也很有兴趣，去推醒阿标叔："快吃中饭啦，阿标叔，你不是还要祷告吗？吃了饭，讲点耶稣的道理给阿荣伯听嘛。""是啊，是啊。"他连忙把《圣经》塞在大口袋里，揉揉眼睛，走进厨房帮母亲添火。他瞄了阿荣伯一眼，笑嘻嘻地冲着母亲说："太太，我讲《圣经》上的故事给你听。"阿荣伯马上抢着说："你不用讲，我都听过了。你们的上帝造了座叫什么的花园，捏了个男人，吹口气就活了；又抽他一条肋骨变成个女的，两个人就算夫妻了。后来女的听了鬼话，吃了个苹果，就算犯罪了。哪有这等事？我就不信。"

"那是因为他不听上帝的话，吃了罪恶的果子。"阿标叔连忙解释。

"苹果跟柑、橘一样，有什么罪恶不罪恶的？这叫人怎么个信法？后来上帝托胎给一个童贞女，叫马什么的，生了个儿子，名叫耶稣。他长大了，到处传教，说自己是上帝的儿子，叫'野荷花'（耶和华）。地方上的人气不过，就把他活活钉死在十字架上了。血一滴滴滴下来，就叫做宝血。阿标，你听我讲得对不对？"阿标叔说："讲得对，讲得对，你的记性很好。"

我真没想到阿荣伯会一口气讲出这一大堆来，于是咯咯地笑。母亲奇怪地问他是从哪儿听来的，他说："阿标不是给你们讲过吗？有一天，我随便坐在教堂后排，台上也是这样讲的。越听越不信，到要捐铜板的时候，我就溜了。"

母亲直笑。老师说："这就是神的故事！神跟凡人不一样。佛教的释迦牟尼佛是从母亲的肋下掉下来的，一着地，就双手合十，脚下开出一朵莲花。"我说："我看到过那张五彩照片，释迦牟尼是个赤膊的小毛头，稳稳地站在莲花心里，头上还有个光圈呢。"

阿标叔不再说话了。他是很尊敬教书先生的，不像阿荣伯那么一句句跟别人顶嘴。他悄悄对我说："小春，上帝教人要谦虚。我不跟阿荣伯辩，他年纪比我大。我只有为他祷告。"我连忙学着他的口气说："愿上帝的灵，进入他心中。"阿标叔摸摸我的头笑了，说："我也为你妈妈和你祷告。"

但我不要上帝的灵进入我心中，那样我会很矛盾。我跟妈妈和老师一样，要信佛信到底，不可三心二意。不过对阿荣伯和阿标叔两位完全不同信仰的人，我都是一样地敬爱。

阿标叔的工作是照顾整个院子里的花木，还有每天擦一次整栋屋子里的煤油灯台和灯罩。他说花木是老爷最喜欢的，煤油灯是太太最喜欢的。其实母亲喜欢点菜油灯，也难得点蜡烛。她嫌煤油灯太贵了。于是阿标叔给她特别设计了一盏小小的煤油灯，只用一根细细的棉纱做灯芯，却仍旧很亮，既可以端，又有个环可以拎；灯罩外面还绕了一圈细铁丝网，让母亲提着在走廊里既不会被风吹熄，又不容易碰碎。母亲好喜欢，夸他真像个读书人，斯斯文文的，做起事来，慢工出细活。

他每天一大清早都要在花园里修剪花木。我常常拿本书，边读边跟着看。他指着花木，一株株念名字给我听，说每种花木浇水的分量都不一样，尤其是兰花，要格外小心。他把十几盆兰花从玻璃房里端进端出，花开了，就捧到书房给父亲欣赏。父亲教他一句诗："开门不及闭门香。"是唱小生的姜妙香① 作的。他牢牢记住了，常常念着这句诗说："真作得好。人也要这样，开门不及闭门香。"老师称赞他毕竟是信教的，很有灵性。我告诉阿标叔，他好高兴。这话幸亏阿荣伯没听见，否则又要跟老师辩了。

阿标叔虽然信耶稣，却常常剪下开得最漂亮的茶花、菊花或玫瑰花，让我捧给母亲供佛。有一次，母亲把供过佛的玉兰花瓣和了面粉鸡蛋煎了当点心，叫做"玉兰酥"。阿标叔说真好吃，母亲笑笑说："这是供过佛的哟。"阿荣伯又说了："供过佛的，你也吃呀？"

原本阿标叔是不吃祭过祖、供过佛的东西的。这一点，母亲正式对他说过，叫他圆通点儿，祭过祖先、供过神佛的东西，只要在灶头上打个圈，就算是重新煮过了。他连声说："是，是。"阿荣伯说："我看太太要分个家，一半请菩萨保佑，一半

---

① 著名京剧小生（1890—1972）。幼年师从田宝琳，后师从冯蕙林、陆杏林。长期为梅兰芳配戏，如《玉堂春》中王金龙、《白蛇传》中许仙等。

阿标叔

请野荷花保佑。"母亲说："只要心好，菩萨和上帝一样保佑。"母亲比读书人还圆通呢。

每天下午太阳偏西以后，阿标叔就要擦煤油灯了。我帮他把大大小小的灯统统捧到一张长条桌上。他先用一块黑漆漆的布擦去油烟，再用另一块布蘸了洋油擦一遍，最后用一块细软的白布把一盏盏玻璃灯罩擦得晶亮，对着粉红的阳光照了又照。阿荣伯走过时说："这种灯罩壳，我一下子就擦好了，他要磨半天。我三亩田都耕了。"阿标叔一声不响。我说："不一样呀，耕田是粗工，擦玻璃灯罩是细活呀。"阿荣伯一直都很宠我，我帮阿标叔说话，他倒也不生气，但我希望他要好起来，是很难的。不过有一件事，他们是很合作的，就是夏天的早上，阿荣伯和长工把簸箩背出来，在晒谷场上摊开，再一担担挑出谷子来晒。阿标叔一定帮忙一起背箩子，一起拨谷子。下午收谷子时，他正在擦油灯，手上有洋油臭，就不插手了。但逢到阵雨，他马上来抢救。看他们同心合力的样子，我心里真希望他们都信一种教就好了。

有一天，阿荣伯不小心扭伤了腰，痛得不能动。阿标叔说："老哥，我来给你推拿几下就好了。"他喊他"老哥"呢，我听了真高兴。他卷起袖子，运气一番，双手掌心抹了菜油，对搓得发热以后，在阿荣伯的腰眼上使劲地推拿，并对他说："老哥，推拿很痛，忍一下就好了。"一声声的"老哥"喊得阿荣伯打皱的脸上笑出一朵朵花儿来。他就是要人捧得他高高的，我想他一定不再生阿标叔的气了。半夜里，阿标叔还起来两次去看他，给他推拿，还熬了草药给他喝，第二天就好多了。没想到阿标叔还是一位伤科医生呢。

阿荣伯腰痛好了以后，果真跟阿标叔好起来。我真高兴，因为我们三人可以一起下茅坑棋、猜豆子拳了。阿标叔下棋猜拳总是输，输了就摸出十个铜板给我买麦芽糖吃。阿荣伯却总是赢，赢了摸出二十个铜板叫我买花生米下酒，喝了酒就讲酒话，唱小调。阿标叔却不喝酒，也没劝阿荣伯别喝，倒说酒是活血的。他只劝阿荣伯别推牌九，说这种赌输起来没个底，通宵赌又伤身体。阿荣伯笑笑，但总是不肯戒，说自己孤老头儿一个，留点儿棺材本就够了，赌也是寻快乐呀。

阿标叔也是单身，当兵退伍后，没有讨亲。他却很节省，省下的钱常常捐给教会救济穷人。阿荣伯很感动地说："我要戒赌，把钱拿去捐。"说归说，赌还是赌。母亲说："给你想个办法，每回赌以前，先抽出一点，赢来的也抽出一点。到年底一起捐，也是积少成多。"他真的照这样做了，把钱捧给母亲，说："太太，放在我枕头下还是会输光，你代我存起来。"阿标叔非常感动，劝他去做礼拜，他把头摇得拨浪鼓似的，说："做礼拜我不去，你忙你的基督教（这回他不说猪肚教了），我还是信我的观世音菩萨。天上的神佛都一样，我们不要分家了。"他们就这样做着好朋友。

我到杭州以后，进的中学正好是教会学校。第一年暑假回到家乡，第一件事就是告诉阿标叔，我也听了许多牧师讲道，有的讲得很好听，很感动人。阿标叔高兴地问我，"那么你信不信耶稣是救主呢？"我很不好意思地摇摇头说："我还是信佛，因为爸爸妈妈都信佛，老师也信佛；而且我总是相信释迦牟尼佛是从他妈妈肋下掉下来的，一着地就一双小胖手儿合十，脚底下开出一朵莲花，头上有一个光圈。"阿标叔慈爱地笑笑说："耶稣头上也有个光圈啊。不过信佛也一样，只要你好好做人。"我顽皮地加了一句："上帝也会祝福我的，是吗？"阿荣伯伛偻着身子，抬头看看天空说："天堂总归只有一个，不要分家了。"

眼看我敬爱的两位老人这样融洽，我心里真安慰。我记得学校里的老师说的："宗教的信仰，是给人的心中树立一个行为的准则。佛的慈悲、耶稣基督的博爱、孔孟的仁义都是最高的道德标准。一个凡人能做到多少是多少。做一个心地光明、行为正直的人，信佛的有佛保佑，信基督的有上帝祝福，儒家则说'君子坦荡荡''求仁得仁'。"我把这话慢慢儿一句句讲给两位老人家听，他们都夸我到外路念了一年洋学堂，好像很有学问起来了。我不免有点得意呢。

升高中以后，我很少回家乡，只在与叔叔的通信中常问起二位老人的状况。嗣后战乱流离，更没机会再见到他们。算算他们的年龄，想来早已升往天国或天堂了。阿荣伯说"天国天堂不分家"，那么他们老哥老弟二人，又可以快快乐乐生活在一起了。

原载 1984 年 8 月 15 日《中华日报》副刊

箫琴公

箫琴公当然不会姓"箫",但也不是姓萧。到底姓什么,我竟然完全不记得了。只记得顽皮的阿庵小叔用肥肥胖胖、哥哥称之为魏碑的字体,在一张土黄色的粗纸上写下"啸琴轩"三个字,贴在箫琴公房间灰秃秃的板壁上。学问比我好得多的哥哥直夸这三个字有气派,会叫"啸"的琴也有气派。我可一点也不懂。因为这位阿公年轻时会吹箫,现在也还是会拉胡琴,我们就喊他"箫琴公"。阿庵小叔简称他"箫公"。父亲总是恭恭敬敬地喊他"啸琴先生",因为他是父亲的前辈。

每当母亲削出一盘水汪汪的雪梨或荸荠端到父亲面前时,他就会想起小时候与箫琴公的一段故事。他对我们讲过好多遍,我们却总听不厌,因为父亲每回讲的时候总把我们的想象带到古老的大宅院里,看着他小小的身影和见到大人时的窘迫神情,就觉得眼前这位伟大、严肃的父亲也和我们一样,是从小长到大的,心里也就不那么畏惧他了。何况讲完故事,他总把一盘荸荠全分给了哥哥和我。

父亲十岁坐完蒙馆,正式进学,由爷爷牵着去拜见地方绅士啸琴先生。他的房子好大,走了好几进,穿过好几座天井,才到他的住屋。他正坐在一张披着老虎皮的太师椅里,交叉跷起大腿,摇晃着脑袋,眯起眼睛拉胡琴。父亲在他面前跪下去磕响头。他只微微睁开眼睛，用跷起的脚丫子点了几下说："起来，起来。"脚趾头都要碰到父亲的鼻尖了。屋子里弥漫着鸦片烟雾，床上摆着整套鸦片烟具，有闪亮银垫的烟灯，有棱角的玻璃罩里亮着的荧荧火苗，烟盘边摆着一碟削好的雪白荸荠。啸琴先生起身用染满烟膏、黑漆漆的手抓了一把荸荠给父亲。父亲双手捧着，倒退着走出门，紧张得连他的脸都没有看清楚。忽又听他喊道："后生儿（家乡话，年轻人的意思），回来，回来。"父亲又转身进去。他在口袋里摸出两块亮晶晶的银洋钱，递给父亲说："呶，给你买新衣服穿。进城念正式学堂了，要着得体面点。"父亲望着爷爷，只是不敢接。两块白花花的银洋钱呐，够买半亩田了。爷爷低声说："接下来吧，说声'多谢先生'。"父亲一手紧捏着银洋钱，一手捧着湿漉漉的荸荠，再恭恭敬敬鞠了个九十度的躬，蚊子叮似的说了声"谢谢"，又一次倒退着走出房门。这第二回，他看清楚了啸琴先生的脸：四四方方的，鼻梁很高，绕在脖子上的辫子和眉毛都很黑，两颊红扑扑的，眼神很和善。爷爷说啸琴先生是很有气派的绅士，地方上数一数二的富户。父亲在回家的路上心里一直想："把书念好了，我将来也要回来当绅士，跟啸琴先生一样，眯起眼睛拉胡琴。大烟嘛，少抽一筒不要紧；有'后生儿'来了，也给他两块银洋钱，多神气啊。爷爷教我背《史记》，汉高祖说的，'大丈夫当如是也'①。"

二十年后，父亲从陆军学校第一期毕业，又去日本游学归来，官拜旅长，荣归故里扫墓，立刻想起了啸琴先生，就去拜望他。哪里知道他那座好几进的大屋已经和田地一起卖出去了，

---

① 出自《史记·高祖本纪》，为刘邦见秦王嬴政出行时的气派场面时所言。

自己搬到旁边原是堆杂物的仓房里住，四面连一扇窗子都没有，只有一扇窄窄的门，门板是向上推的。父亲的身材很高大，弯下腰才能钻进黑漆漆的里面。啸琴先生横卧在一张竹床上，吞云吐雾地抽大烟。一听说潘旅长来拜客，慌张地跳起身，来不及下床，就站在吱吱咯咯的竹床板上向父亲抱拳回礼，连声地说："不敢当，不敢当，恭喜旅长，你做大官了。"

父亲面对这情景，吃惊得说不出话来。二十年的岁月怎么会把他折磨成这个样子？他两颊深陷下去，皮肤灰黑，辫子剪去了，稀稀疏疏的白发散在头顶与额角；嘴巴瘪下去，鼻子虽然越加高了，但再也看不出一点富贵相或绅士气派了。再看看竹床上，是一张旧报纸，垫着烟枪和烟灯，不再是亮晶晶的银垫和透明的玻璃罩，而是半个蛋壳覆在小瓦钵上，火苗从中间的孔里冒出来。父亲站在那儿看呆了，心里却好难过。

回杭州后不久，父亲收到啸琴先生的信，说那间小仓房也被烧掉了，贫病交加，无家可归，恳求父亲能收留他。父亲马上派人把他接到杭州，让他安心养病，劝他下决心把大烟戒掉。

父亲官升师长以后，曾一度接母亲带着哥哥和我去杭州享福。不久，阿庵小叔也被接出来念中学。我们一见啸琴先生，就像他乡遇故知，一老三少，成了好朋友。哥哥和我"箫琴公、箫琴公"地喊他，他那没门牙的嘴常常露着舌头笑得合不拢。他说一生从没有这样快乐过。

父亲的官邸大宅院是租来的。箫琴公住在最里头靠围墙的三间小平房里，离正屋很远，中间隔着一片很大的桃树林。一条弯弯曲曲的石子路通到小屋门前。那儿人迹罕至，冷冷清清，听说以前还闹过狐狸精。父亲搬进来以后，阳气一盛，精怪就吓跑了。

父亲叫马弁把这里打扫出来安顿箫琴公，是怕他若一时戒

箫琴公

不掉大烟，烟味不至于送到前院；他吹箫拉胡琴，也不会吵到前院。而我们三个小人儿最喜欢这荒岛似的三间小屋，它是我们逃学的藏身之处，也是躲大人责骂的避难所。最怕见父亲的阿庵小叔索性搬进去与箫琴公同住，在墙上贴起"啸琴轩"三个字，表示"别有洞天"。但因四面是桃林，光线很暗，棉布门帘又常年下垂着，窗户不开，走进去总是黑漆漆、烟雾腾腾的，混合着箫琴公身上散发出来的香烟味、浓茶味，还有一股酒气。阿庵小叔说："这叫做'五味和'。"那原是家乡一爿酱园的名称。

箫琴公的一支箫挂在床头栏杆上，他不时取下来抚摸一阵，凑在干瘪的嘴唇上，伸出舌头一舔一舔地吹。因门牙掉光，漏口风，吹的声音一下子高，一下子低，不知是什么调子，一点也不好听。箫杆倒是被摸得油光发亮，变成了紫檀色。我闻闻箫头上有一股酸臭味，立刻递给哥哥。哥哥拿它当短剑来舞，箫琴公就会心疼地喊："灰（勿）舞，灰舞，这是我的传家宝，不要把它碰裂了。"

他的另一件传家宝胡琴挂在墙上。他高兴起来，就取下来拉，边拉边唱。唱的是家乡调，词儿也听不清。阿庵小叔捧来一台旧留声机，只有一张缺了角的马连良 ① 唱片，一面是《苏武牧羊》，一面是《甘露寺》，因此小叔把这两出都学了一半。哥哥说他唱起来带鼻音，很像马连良呢。箫琴公拉起胡琴配上，他们越拉越唱越高兴。阿庵小叔学吹箫，一学就会，一时丝竹满耳，"啸琴轩"顿时热闹起来。母亲常常送糖果点心来，也坐下听半天，要箫琴公唱家乡小调《十送郎》。她听得入神，露

---

① 马连良（1901—1966），京剧名家，老生行当代表人物，"马派"创始人，"四大须生"之首。

出一脸恍惚的沉思。她送的零食其实都是被我们三个大嚼而光，特别给箫琴公的是一罐大英牌香烟和一个扁扁的小铁盒。我知道那里面是箫琴公的宝贝——一粒粒的烟泡。

父亲要母亲对他的吸烟量严格管制，只给烟泡，不给烟膏和烟具，而且烟泡渐渐缩小。箫琴公每回都万分珍惜地打开盒子，凑在鼻尖闻闻，有时伸出颤抖的舌头舔舔，非熬到烟瘾发作得眼泪鼻涕直流，才扳下一小粒用茶水吞下。看他这个样子，我就会想起父亲讲的十岁进学时去拜见他和二十年后再去拜访时的不同情景。哥哥文绉绉地说："这就叫做往事如烟，不堪回首。"母亲说箫琴公肯下这样大的决心戒大烟是要有很大毅力的，究竟还是戒掉了。阿庵小叔看他煎熬得这么苦，叹着气对他说："箫公呀，人生几何呢？你偌大年纪了，何必这样苦，有烟泡就先吞吧！真没有了，大嫂总不能眼睁睁看你受罪，会再给你送来的。"他却摇摇头说："灰梦讲（勿乱讲），我若再不把这东西戒掉，你大哥会把我赶出去。"

他说话时，干瘪的嘴唇有点颤抖，神情很悲伤。阿庵小叔却满不在乎地说："你放心吧，大哥不会赶你走的。大哥自己也抽呀。"哥哥马上反驳道："爸爸并不真抽。妈妈说有客人来时才陪他们抽一筒，这叫做'抽爽烟'，是没有瘾的。"阿庵小叔只是笑，一副不相信的样子。我心里想，爸爸一定不会真抽大烟，不然他穿起军装骑上那匹大白马不会那么威风凛凛。何况他时常给我们讲箫琴公抽大烟抽得倾家荡产的事，叫我们凡事要立志，要自己把握得住。

箫琴公时常对我们夸赞父亲是一位勇敢的军人、不忘本的君子，才会把一个没人理会的贫病老头儿接到家里来养着。他这么一说，我眼前就浮现他摸出两块白花花的银洋钱递给父亲的情景。母亲说："你爸爸是一个最记得别人恩情的人。十年风水轮流转，并不是风水真的会转，是叫人要守住风水。人生一世，草生一春，总要从头到尾都兴兴旺旺的。"我后来想想，母亲在乡下过着喂猪养鸡鸭的日子，穿的是蓝布罩衫、青布裤。后来到杭州做官太太了，还是一身蓝布罩衫、青布裤。母亲就是一个守得住风水的人啊！

阿庵小叔的京戏唱得有板有眼，胡琴与箫都会吹。箫琴公总是对他说："阿庵，我看你聪明绝顶，学什么像什么，将来我把这两样东西送给你。这是我阿爸传给我的，他没想到基业都给我败光，只剩这两样东西了。"他仿佛把阿庵小叔当作衣钵传人。阿庵小叔却似听非听，从大英牌香烟盒里抽出一根香烟，煞有其事地将烟头在大拇指甲上竖起来敲了半天，点燃了。我只当他是给箫琴公的，他却衔在自己的嘴上了。哥哥和我瞪着他，齐声说："你不要抽香烟嘛。"他笑嘻嘻地说："香烟有什么关系？又不是大烟。"箫琴公伸手将烟拿过来，说："阿庵，你不要学我，你没看我今天落到这个地步吗？"阿庵小叔说："我阿爸也抽大烟，我娘埋怨他。他说我家的祖父错在做鸦片烟上，所以子孙代代都会抽大烟。箫公，你若有儿孙，他们就会供你抽。"箫琴公说："我老婆都跑了，哪有儿孙？阿庵，你可得学好啊。"

哥哥和我都很佩服阿庵小叔聪明，有肚才，又会带我们玩各种游戏，但他那副玩儿的不正经样子使我们很生气。母亲说："这就是你爸爸为这个堂弟恨铁不成钢、最伤心的地方。"因此我们对箫琴公肯毅然戒烟都格外敬佩，对他劝阿庵小叔的话也牢记心头。

那三间小屋，白天静悄悄的，到晚上可就热闹了。我们读了一天的书，晚上不愿再上夜自修，就都躲到这里来，有脚气病的老师不会摸黑找来。箫琴公和阿庵小叔又拉又唱，加上天花板上的狐狸像千军万马似的，奔来奔去，有时还会跑到地上来，吓得我往箫琴公汗酸臭的床被里钻。阿庵小叔看了《聊斋》，喜欢加油加酱地讲鬼故事，听得我直打哆嗦。他还说桃树林里有女鬼，害得我也不敢去桃园了。桃子成熟时，掉了满地，比我胆子大的哥哥进去捡了满篮。有一天，忽然发起高烧来，箫琴公说是中了邪，竟然画了一道符，要母亲拿到桃林下烧成灰，和了他煎的药喝下去，就好了。我问母亲，桃树林里真的有鬼吗？母亲说："我信佛，不怕鬼。不过箫琴公好心，要我这么做，就依他地做了。"我忽然问箫琴公："你大烟瘾来时这样难过，为什么不烧一道符吞下去呢？这样不就把烟戒了吗？"他愣了一下说："对呀，我怎么没想到呢？"我明明知道他是哄我的，但他那一脸的没奈何，我感觉得出来。所以哥哥说，箫琴公跟我们玩乐时，表面上很开心，内心还是很寂寞的，因为他毕竟是寄人篱下的孤独老人，过去那种地方绅士、富贵闲人的好日子就像做梦般永远消逝了。我们那时虽还不到十岁，但天天看父亲全副武装，由马弁前呼后拥地去司令部，回来时也是由他们一路吆喝着进大门，不由得时时想起当年被父亲恭恭敬敬磕响头的箫琴公如今孤苦伶仃地住在大公馆尾巴处的小屋里。父亲事忙，从来没去看过他，只偶然向母亲问起："啸琴先生好吧？"母亲常对我们说："少年时吃苦不算苦，老来苦才叫苦。"要我们克勤克俭，积福积德。

不到两年，箫琴公的内脏不知患了什么病，送到医院去，不治逝世了。

那三间"啸琴轩"小屋顿时阴森森地冷清起来。阿庵小叔说那支箫和那把胡琴半夜里会发出嘶嘶的声音，听得人寒毛直竖。"啸琴轩"的胡琴真的叫起来了，他也害怕得不愿再住在里面了。

不久，父亲忽然辞去师长，不做官了。母亲带我回故乡，哥哥被带去遥远的北平；阿庵小叔不肯念完中学，也回到家乡。

我问他有没有带着箫琴公生前说过要送给他的箫和琴，他说："我把它们统统烧了，让他老人家自己带走吧。"他叹了口气，说："什么都只是过眼云烟啊。"他总是一副老气横秋的模样，好像看透了似的。

我第二次再到杭州，已开始念中学，住的是新租的洋房，却不时怀念以前那所大宅院、那片阴森森的桃树林和暗洞洞的"啸琴轩"三间小屋。箫琴公逝世好几年后，阿庵小叔不肯上进，年纪轻轻的，竟然也染上了大烟瘾。最痛心的是，哥哥去北平才一年，就生病去世了。我痛失手足，想起阿庵小叔的那句话："什么都只是过眼云烟。"心情不免黯然。

原载《中国时报》"人间"副刊

碎了的水晶盘

我爱亮晶晶的小玩意。水钻别针、戒指及一切小摆饰之类的，怎么土气、怎么俗气都没关系，只要是亮晶晶的就好。别在前襟，套在手指上，摆在桌上或书柜里，都是越看越可爱，因为其中包含了无限温馨的友情和许许多多遥远的怀念。

怀念中，却也有非常懊恼的。有一包亮晶晶的水晶盘碎片，因几度搬迁，竟然不知去向了。

只因那些碎片无法拼合，更不能摆出来，所以格外宝爱地把它们包起来，收在一个安全而又容易发现的地方。我时常要取出来看看，想想那一段与水晶盘有关的故事，如今却找不到了。可水晶盘在我心中永远是玲珑剔透而完整的，因为它原来的主人是那么一位贤淑美丽的好女子。

她是一位异国少妇，我却喊她三叔婆。她郑重地把它托付给我，要我转给三叔公。我却没有把这件事情办好，辜负了她的叮嘱。水晶盘被砸得粉碎，不是我不小心砸的，而是三叔公的另一位太太砸的。三叔公默默地俯下身，拾起再也无法还原的碎片，递给我，我也默默地接下来。不知道他的心当时有没有碎。

三叔婆呢？带着碎了的心回到她自己的国家，南美洲的巴西去了。屈指算算，已经是半个世纪以前的事。她假使还健在，也是白发皤然的老妇人了。

那一年，我放暑假回家乡，第一次见到三叔婆。她那时是二十多岁的少妇，碧眼高鼻和金黄柔发虽然很美，却引起山乡人的好奇心。我已在教会学校念书一年多，见过好多母亲所谓的"番人"，但是面对着这位要喊她三叔婆的妙龄番人，我也期期艾艾地有点胆怯，喊不出来。可是她是三叔公的娇妻，应该是名正言顺的叔婆。三叔公是三十出头的英俊男子，他们一房，人丁不旺，所以他虽年纪轻轻，辈分却好大。我们家乡称这种辈分为"水牛背"。

　　"水牛背"的三叔公在那个时代就开风气之先，远渡重洋去南美洲经商，更开风气之先地娶了一位巴西少女，给他生了个又壮又活泼的儿子。儿子长大到五岁时，三叔公因老母的催促，动了思归之念，把妻儿带回自己的家乡，一直带到穷乡僻壤的山村，拜见老母。

　　老母双目半盲，随时得有人搀扶伺候。她想念自己从年轻时守寡辛苦抚养长大的儿子，也高兴他已为她生了孙子，可是不能接纳这个番邦儿媳。当他们双双在母亲面前拜下去时，老人家身边站着精明干练的外甥女，是她早已认定要做自己的儿媳却被三叔公忘得一干二净的老小姐。

　　说起来，他们并没有青梅竹马的童年。三叔公从小志在四方，在山乡祠堂小学念了几年书就跑到城里去学生意。父亲去世后，母亲的眼睛哭成了半瞎，他不是不内疚。可也许他太不喜欢像个小老太婆的表姊，宁可背负不孝之名，辗转地出了国门，远适异国而去。如今想起来，所谓"代沟"和青少年为自己的理想与婚姻自由而反抗含辛茹苦的长辈，真是自古已然，而于今为烈。

　　想想三叔公要说服妻子抛开出生、长大的家园，远别亲人，投奔一个完全陌生的东方国度，如果不是对丈夫有着坚贞的爱和不可割舍的母子之情，她怎能有这份勇气？也真钦佩她，既然嫁了一个中国丈夫，就有了中国旧时代"嫁鸡随鸡、嫁狗随狗"、对长辈必须尽孝的道德观念。

听母亲说，自她进了山村老屋的大门，所有的长辈妯娌就没有给她好脸色看。言语不通，习俗不同，尤其增加她的痛苦。但她总是委曲求全，也曾低眉垂眼地试着走进黑漆漆的厨房，帮忙洗碗起火，却被声色俱厉的瞎子婆婆敲着拐杖喝令快快滚开。吓得她跪在泥地上哀求，却不能获得一丝谅解。婆婆多年来的怨气都出在她身上，认为是她拴住了儿子久客不归。婆婆身边那个一直爱着表弟、伺候姨母、克尽儿媳之道的表姊更把她看成眼中钉。

母亲叙述到这里，长长地叹了口气，说："也不能怪她，在我们这种乡下地方，一个姑娘过了三十岁不嫁，还能有什么打算？别人又会用什么眼光看你呢？"

"您是比较同情她的喽！"我忍不住问。

"我只觉得她傻得可怜。换了我，就出家当尼姑去。"

"我却同情这位巴西叔婆，她是无辜的。"

"三个女人都是无辜的。若我是老太太，当然也疼自己的外甥女。不过她不该强迫儿子叫她走，又强留下孙儿，硬生生拆散母子；又怂恿外甥女百般欺凌她，甚至用柴棒打她。她受不了苦，才逃到我们家。"

"有这样不讲理的事！那么三叔公呢？"

"他好像变了个人，再也没有当年敢做敢为的勇气了。见了老母，结结巴巴说不出话，似乎在忏悔多年来背母远行的罪过，要以沉默不反抗作为补偿。"

"但是他不能让妻子背十字架呀。他应当带妻儿再出走，当年是怎么决定的，就得负责到底。"我气愤地说。

"你不要这么激动。你且看看身受其苦的三叔婆是怎样待她丈夫的，真为她难过啊！"好心肠的母亲遇到人家婚姻上的挫折，说起来一把眼泪一把鼻涕的，我就知道她自己那颗心有多苦了。不然她为什么要一个人住在乡下，不去大城市里跟着做官的丈夫享受荣华富贵呢？母亲说："旧式女人总是认命的。像三叔公的表姊那样武则天似的，我也看不来。"看来母亲的心好乱，她究竟同情谁呢？

我们正谈论着的时候，娴静的三叔婆从房间里慢慢走出来，一手捧着一个小小的盘子，一手捏着一只梨。那个盘子真是玲珑漂亮，一定是外国玻璃的。我当然不会说巴西话，英文也只有初中程度的几个单词。我用家乡话喊她一声"叔婆"，她听了好高兴，端庄地在椅子上坐下来，把盘子放在茶几上，从口袋里取出一把小小折刀，打开来仔细地削梨。母亲告诉我，她已经是在削第五个梨了，每天削了，切成一片片装在盘子里，等三叔公来吃。三叔公就是不来，她边流泪边把梨分给大家吃了，第二天再削。一天天地等，一天天地落空。她脸上除了伤心失望，没有怨怒。她听得懂一点中国话，我忍不住问她："你为什么不反抗？"她把拳头在后脑勺一放，再指指天。母亲说这表示"婆婆是天"。母亲居然懂她的"手语"，后脑勺的拳头表示梳髻的婆婆。我恨不得能多与她说话，可我不会比手画脚，只好以友善的眼光望着她。

这天，她当然又失望了。她不再哭了，微笑着取出一方粉红手帕，把盘子包起来，递给我，说了简单的两个字："水晶。"我知道她告诉我盘子是水晶的。然后她从口袋里取出铅笔，用英文写给我看，告诉我她明天要回去了，请将水晶盘拿给她丈夫。我急得只会说："不要走，请你不要走。"她安详地摇摇头说："我要回去看我的妈妈。"虽然是生硬的中国话，可是那一股酸辛顿时使我泪如雨下。她却没有让泪水流下来，只轻拍我的肩，说："谢谢，不要哭。"然后奔进房间。那一对忧郁中充满了无怨无艾的爱的眼神啊！怎不叫人心碎？

她是由村里天主堂的白姑娘帮忙带她进城办回国手续的，狠心的三叔公在她走以前不曾来过我家。山乡离我家有七十里山路，我也无法去找他。在我将要回杭州时，他来了。来的却是两个人，他带了那个已经成了他太太的表姊。我究竟太年轻，不懂事，为了气她，急急地将水晶盘取出来，当着她的面递给三叔公。我说："她天天削梨等你。你不来，这是她叫我给你的。"边上的新太太一把抢过去，把粉红手帕撕开，拿起水晶盘使劲摔在水门汀地上，砸得粉碎。我一下暴跳起来，大声喊："你太凶了！你好坏，你好坏！"说完大哭起来。母亲奔出来，拉住我，默默地走开了，一句话也没对他们说。我咬牙切齿地说："三叔公太不应该了。自私，懦弱。"

"男人都是这样的。"母亲轻声地说，又幽幽地叹了口气。

我又忍不住跑出来，却看见那个表姊已经走开了。三叔公俯下身去捡碎片，拾起来用那块手帕包了，再用自己的手帕包一层，竟递给了我。奇怪，他怎么拿给我？他连唯一的纪念品都不敢保存吗？我赌气地接下来，却哑巴似的说不出一句话。我不想对这薄幸的长辈说什么话了。

水晶盘碎片一直由我保管，一直带在身边。如今却忽然找不到了。好心痛，可是想想，任何宝贵的纪念品都会有一天离开我，任何沉痛的记忆终将逐渐淡去，忘却。不知回到巴西后的三叔婆当时是否哭倒在慈母怀中，会不会常常想起在山村受欺凌的那场噩梦，会不会想起一天天削梨摆在水晶盘中等待丈夫的情景。我认为，她不会想了。从她当时忧伤的笑容和温柔的眼神中看得出，她从那一刻起就决心不想了。

我可以断定，她唯一想念的是她五岁的儿子，因为她走的时候只带了他的照片，连她和三叔公的结婚照都留在卧室抽屉里了。

　　听说我这个混血儿的小叔叔长到十多岁就不告而别。有的说是从军，有的说是万里寻母去了。但愿他们母子能相见。水晶盘虽碎，但慈母之心永远是完整的。母子亲情岂不远胜飘忽不定的爱情？

原载《皇冠》杂志

小小颜色盒

　　我不知道朋友们有没有一件礼物是好友郑重其事地送给你的，东西并不一定值多少钱，但好友送给你的时候，脸上那份恳切的神情会使你永远难忘。于是你见到那件礼物时就会想起那个朋友，心里感到好温暖，好快乐。

　　我原来有一样礼物，只是普普通通的小小水彩画颜色盒，可是对我来说，那份友情是多么宝贵啊！好多好多年里，我一直随身带着。可是几十年来，我逃了多次的难，行李都丢光了，那个颜色盒也不知去向了。但颜色盒的样子和送我颜色盒的好友脸上的神情，我永远记得。

　　那时我在家乡，只有七八岁。左邻右舍的小朋友很多，其中一个叫王玉的跟我最要好。只因我必须在家里跟老师念书，她却在乡村小学念书，所以她佩服我会背古文、唐诗，我佩服她会唱《可怜的秋香》①，会跳葡萄仙子舞。我们彼此地教，彼此地学。渐渐地，二人都觉得学问很好的样子。

　　她长得很漂亮，只是鼻梁旁边有一粒很显明的黑痣。妈妈夸她是美人痣，她自己却不喜欢这粒痣。有一天，我为了炫耀自己学会了成语，就伸出指头点着她的痣说："王玉呀，王字边上有

————————

　　①　1921年由黎明晖作词作曲、首唱的歌曲。

一点，名副其实的王玉，你是'白璧微瑕'。"她最最不高兴人家提她的痣，听我这么得意地拿她开玩笑，好生气啊！刷的一下转身跑了。我急得要命，在后面拼命地喊，她就是不理我了。

过了好几天，我特地到她学校去看她，她正在画图画。看她从书包里拿出两个颜色盒，一个新的，一个旧的。旧的里面，一块块的颜料已经快用完了，盒背上的黑漆也掉了。我站在她边上，看她用画笔蘸着水，这个盒子里的颜色抹一下，那个盒子里的颜色抹一下，直顾埋头画。

我轻轻地说："颜色盒好可爱啊。你有两个呀？"她忽然把旧的那个一推，说："你拿去好了，这个我不要了。"听她这一说，我简直如获至宝似的，马上把湿淋淋的旧颜色盒捧在手里，连声说："谢谢你啊，王玉。"转身奔回家告诉妈妈，王玉送我东西，王玉已经不生我气了。我当时的快乐不是因为得到这个颜色盒，而是知道王玉还是喜欢我，要送我东西的。

在感激中，我挖空心思，要亲手做一样东西送给她。我背过老师教我的《诗经》："投我以木桃，报之以琼瑶。匪报也，永以为好也。"我最喜欢"永以为好"那四个字了。我要和王玉永以为好啊，因为那时我已知道自己将被大人带到很远很远的杭州去，以后不容易见到王玉了。

我请小帮工阿喜教我把竹子削成细细的篾丝，小心翼翼地编了一个好细巧的圆球，里面装了我最最心爱的一颗玻璃珠（我只有两颗，要割爱送她一颗）。编好以后，在一个星期天的早晨送到她家里去。我战战兢兢地拿出篾球给她。她看了好半天，默默地放进口袋里，笑了笑说："你编得好细啊，你这个粗心人。"

听了她的赞美，我好高兴，脸红红的，不知说什么才好；又有点不敢抬头看她，因为怕看到惹她生气的那粒痣。

我没有在她家待多久就回来了。回到家才一会儿，却见王玉急匆匆地跑来了，她一把拉住我的手，把那个崭新的颜色盒放到我的手心里说："小春，这个新的给你，上次那个太旧了。那是我本来要扔掉的，怎么能给你呢？"

不知怎么的，我忽然鼻子一酸，眼泪扑簌簌地掉落下来。我实在太感动、太快乐了，因为王玉把自己最最喜欢的东西给了我，我是多么地爱她啊！可是没多久，我们就要别离了，我怎么能不伤心呢？

　　　　　　　　　　　小小颜色盒

卷二　母亲的手艺

在母亲那个时代，农村妇女个个都得粗工细活会一点儿，才配做人家的儿媳妇，才会中婆婆的意，因为做婆婆的也是从儿媳妇熬出来的。

据母亲自己说，她的手艺，只有绣花还过得去。其他的，只是能拿起来做就是了。这是母亲的谦虚话，在我这个"十个手指头都并在一起"的笨拙女儿看来，母亲的粗工细活都是第一流的。她简直有一双万能手，主要因她勤恳好学。和我父亲结婚以后，因祖母早逝，祖父疼儿媳，不让她做这做那。但她就是爱学这学那，样样事都不落人后。邻里之间无不夸她勤劳贤惠。

可惜我童年时懵懵懂懂，从不知跟母亲学点儿本领。渐渐长大以后，又总在外地求学，只在寒暑假回家。"娇娇女"茶来伸手，饭来张口，明知母亲整天迈着小脚忙进忙出好辛苦，却总只顾赖在床上看小说或找朋友聊天去，何曾帮过母亲一点忙呢？

母亲逝世已将近半个世纪，如今我也进入老眼昏花之年，想缝补点儿东西，粗针大麻线的，还总嫌针孔太小，穿针费眼力。想起母亲五十多岁时还绣出一朵朵开在水蓝缎面上的牡丹花、海棠花，鲜艳欲滴。她为父亲和我织的毛衣既合身又柔软暖和。她做的糕饼，外公夸说是全世界最最好吃的。

我愈想愈后悔，为什么在少女时代不多跟母亲学一点儿呢？为什么那样地懒散呢？可是追悔又有什么用？老人家去世了永不再回来，年光飞逝也永不会停留。我只有以垂老之年，琐琐碎碎地追忆当年看母亲做各种活儿的情景，一以寄风木哀思，一以奉劝活力充沛的现代少女在慈母身边享受无边幸福之余，千万要多多为母亲分劳，也多多学点儿日常生活中的各种手艺，不只是为了会手艺，而是在学习中才能体会做母亲的爱惜光阴、爱惜物力、好学不倦的美德啊。

绣　花

　　绣花，是母亲自认为最最拿手也最最喜欢的一门手艺。她常常说："眼看一朵朵的鲜花，在水蓝缎子、月白缎子上开放出来，心里真舒坦，仿佛自己脸上的皱纹都看不出来了。"

　　母亲说话竟这般文艺气息。其实她除了跟外公念过《三字经》《百家姓》，会背有限的几首《千家诗》之外，实在没读过什么书，可是她形容起事物来总是妙不可言。有一次，她边绣花边自言自语："把厨房事儿忙完了，不捉点儿晨光绣绣花岂不可惜？""捉"字说得多妙！她又说："不过绣花时总是愈绣愈觉得屋子里冷冷清清的，连绣花针掉在地板上的声音都听得见呢。"我顽皮地问："妈妈，那样细的绣花针，掉在地板上会叮当一声响吗？"母亲没有回答。坐在边上拨着念珠陪母亲的姑婆笑笑说："你一个九岁的小东西，哪里懂？"

　　五叔婆总喜欢在屋子里无事忙地绕来绕去，忽然插嘴道："我就不花心思绣这种磨人的花。有钱去城里买双花缎鞋子来穿，多省事？想起当年做新娘的时候，那双绣花鞋是后娘给的，上面绣的是桃花，没穿多久就在鞋尖上破了个窟窿。五叔公后来做生意赔了本，就怨我那双鞋子不该绣桃花。桃花不经久，开过就谢。人家都绣梅花喜鹊，那才喜气洋洋，才吉利。我后娘一定没安好心眼儿，才给我绣双桃花鞋子。桃花、桃花，好运气都逃光了。"

听得姑婆与母亲直抿嘴儿笑。姑婆与五叔婆完全不一样，她一派大家闺秀风范，一举一动斯斯文文，说话细声细气，从不怨天尤人。父亲母亲最敬重她。她也绣得一手好花，只是上了年纪，不再绣了，天天拨着念佛珠念佛。

姑公爷（家乡对姑祖父的称呼）去世太早，他们结婚不到十年。姑婆还是二十多岁的少妇时就守了寡，守着几亩薄田，把一男二女抚养成人。她是山乡一带与全村、全镇有名的贞节烈女，人人都敬重她。母亲更是尊敬、服从她，侍奉她像自己母亲一般。因此我也很爱姑婆，母亲忙碌的时候，我就在姑婆怀里蹭来蹭去。

看母亲绣花，我也吵着要绣。姑婆就会找块彩色绸子，剪成一只鞋面，用浆糊和纸贴得硬硬的，穿了丝线教我绣。可是我一抽丝线就会打结，姑婆总说："慢慢来，绣花要捺住性子，这是姑娘家第一要紧的。"母亲也不时伸过头来看我几眼，说："绣得蛮好的。把绣花学会了，将来出嫁就不会被婆婆嫌五个指头并在一起了。"我噘起嘴说："我才不要有个婆婆管呢，我将来要文明结婚。我不要穿平底绣花鞋，我要穿最新式的织锦缎的高跟鞋。"对于闻名已久的杭州织锦缎与高跟鞋，我真是做梦都常常梦见呢。

母亲绣花的时间多半是在吃过中饭以后，下午烧"接力"以前（"接力"是家乡话，烧给长工吃的点心，接一下力的意思）；晚上呢？都在厨房洗刷完毕以后，就着摇曳的菜油灯绣花。那时我往往已上床呼呼入梦了。

白天绣花，母亲偶尔会伸个懒腰，打个哈欠。我问："妈妈，五叔婆睡午觉，您为什么不睡？"母亲说："没听说早起三朝抵一春吗？多少事儿要做，哪里还睡午觉呢？"我又说："看您眼皮奋拉下来，都要用灯草来撑了（这也是母亲最爱说的形容句）。睡眼蒙眬的，绣出的花儿就不漂亮了。"母亲说："你放心，我从小绣花绣到大，摸黑都会绣出朵朵鲜花来呢。"她把手里已经绣好的两朵梅花伸得远远的，眯着眼儿横看竖看，非常满意的样子。我一看，真是好鲜活、好漂亮啊。

母亲喃喃地念着："这双拖鞋面寄去给你爸爸过年穿，还要再绣一双……"我抢着说："给我。"母亲瞪我一下，说："你小孩子穿什么绣花拖鞋？"我奇怪地问："那么给谁呀？"母亲停了半晌，才低声地说："给你那个如花似玉的二妈。"我马上暴跳起来喊："您为什么要给她绣？为什么？"母亲叹口气说："你不懂，我若只绣一双，你爸爸就会把它给了她穿，自己反而不穿。倒不如索性一口气绣两双，让他们去成双作对吧。"

母亲说这话时，语调有一种特别的斩钉截铁。姑婆一直听着，把念佛珠拨得"啪嗒啪嗒"格外地响。穿来穿去的五叔婆也听见了，尖起嗓门说："世间真有你这种人，花这种冤枉心思。"姑婆忍不住了，稍稍抬高声音说："五嫂，您别这么说，她的心思，您哪里会懂？"

我觉得五叔婆那暴跳如雷的草包性格，真是比我还不懂母亲的心意呢。

母亲的绣花手艺是村子里闻名的。村子里若有姑娘出嫁，都会来向母亲讨花样，请她教导如何配丝线颜色，应该用几号丝线，等等。母亲都一一仔细地指点她们：梅花要淡，海棠花要鲜，牡丹花要艳；着针时都要从花心向外绣，里深外浅；叶子也是一样，浓浓浅浅的，看去才有远远近近。母亲不是会画画的艺术家，可是竟然懂得所谓"透视"与"立体感"呢。

后来我念中学以后，念到两句词："逗雨疏花浓淡改，关心芳草浅深难。"① 仔细体味着，岂不正是母亲绣花时的心情？我于是写信给母亲，把这两句词抄给她，并用白话详细地给她解释。她自己不会写回信，是托二叔给我写的。信里说："你抄的两句诗句真好，二叔念起来，音调愈听愈好听，我真是好喜欢。可惜自己从小没好好念书，不会读诗读词。以后你若是读到像这样好的句子，琢磨着是我喜欢的，就给我抄来，细细解说一下。二叔一念出调子来，我就会记住的。"

二叔在信末附一笔说："你母亲把这两句词翻来覆去地念，还听见她边做事边哼呢。我觉得你母亲的心情，真是比'逗雨疏花'还恍惚。她关心的，又岂是芳草呢？"

读着信，想起母亲低头默默绣花时的神情，想想她连绣花针掉在地上都听得见的那份刻骨的寂寞，不由得心头阵阵酸楚。我毕竟已长大，懂得母亲的心了，原应当时刻在母亲身边，陪她谈心解闷的，却为了求学不得不远离她而去。我只有多多给她写信，以解她的远念，但又不忍再抄那样感伤的句子，触发她的心事。真是"人生识字忧患始"②。我宁愿母亲重温她少女时代轻松的小调："阿姐埠头洗脚纱，脚纱漂起水花花……"那样或许多少还可以使她忘忧解愁于一时吧。

---

① 出自纳兰性德《浣溪沙》。
② 出自苏轼《石苍舒醉墨堂》。

打苎线

今天的妇女们用的线，种类繁多，得来也极为容易。只要走在街上或进入专卖店，就可以随心所欲地选择任何质地、颜色的线，而且五彩缤纷，光是看看也很有意思。可是在古老的农村，除了绣花的丝线必须进城买，棉纱线和苎麻线也统统是妇女们自己打出来的。棉纱线专为织布用；苎麻线则用途极广，分三种：粗的纳鞋底，中的钉被子，细的缝补衣服。纺纱打线都是女人的工作，而我特别喜欢打线，因为过程复杂，动员的人马多，我可以在里面穿来穿去地捣蛋。还有，打线必须在阴雨天，因为空气里湿度高，绞线时不容易断，打出的线也比较柔软，有韧性。因此我也格外喜欢下雨天，全家上下都在忙，觉得好热闹。

打线虽然个个女人都会，却只有母亲打出来的线最均匀，最好用。原因是母亲心细，在分麻时就一丝丝分得很平均，对质地的分类也比别人严格：硬麻打粗线，软麻打细线。真个是有条不紊。我们家乡简称苎麻线为苎线，村里人都夸母亲的苎线好比丝线，又细又软。

苎线自开始到完成，过程是相当复杂的。第一步是由长工把麻外皮剥下来：浸在淡石灰水中若干时日，等泡软了，麻的外皮也脱落了。然后捞出来捣散，一捆捆扎好晾到半干，妇女们就开始把一捆捆苎麻纤维用大拇指与食指的指甲劈成苎丝。一群妇女都在忙一日四餐（下午四点，长工还得有一顿扎扎实实的点心，称之为"接力"）和饲猪鸡鸭的空当里，坐下来就着太阳光或菜油灯光，边谈话边劈苎丝。劈好苎丝，再把两根苎丝搓成一根较粗的苎丝，连绵不断地盘在一只扁竹篓里。统统搓完了，还要用小竹筒来卷。卷出来的圆圈圈称为绩。母亲卷的绩最是有棱有角，大小均匀，比现在百货商店里的绒线团还立体，还扎实。我呢？卷着卷着就变成了橄榄球，连中间的洞洞都闭死了，害得母亲又得打开重卷，岂非帮倒忙吗？

分苎丝、搓苎丝、卷绩，都得在下雨天。母亲这时才能把一双跑累了的小脚搁在门槛上，真正休息一下。她坐在吱吱咯咯的竹椅里，我搬张矮凳靠着她，听她边搓苎丝边唱少女时代的小调。"十八岁姑娘学抽烟，银打烟盒金镶边……"近视的眯缝眼越眯越细，看上去很媚，却又有点忧愁。我忽然想起老师教我《楚辞·九歌》里描写湘水女神的句子："帝子降兮北渚，目眇眇兮愁予"。老师说"眇"并不是瞎子，而是近视的眯缝眼，非常地美，美得叫人发愁。我马上讲给母亲听，夸她跟湘夫人一样地美。母亲似懂非懂地微笑着，一双灵活的手指头搓得更起劲了。

一团团的绩卷好以后，再拣个下雨天上机器打线。把中空的绩一个个套在小木轴上，拉得长长的，两根并一根，机器一摇，就绞成了线。但还得漂白，晒干，这才算完工的苎线。

想想一根普普通通的线，乃有这许多的步骤。朱柏庐[①]先生说："半丝半缕，恒念物力维艰。"真是一点不错。母亲本性俭省，对大家合力辛苦打成的苎线，自是分寸都爱惜的。

---

① 朱柏庐（1627—1698），明末清初理学家，著有《治家格言》。下文所引即出自此文。

红豆糕

农历春节新年，对我这个作客海外的人来说，实在是除了乡愁，便是思亲。因此还是打起精神，做一两样母亲当年常做的乡下点心，以飨友好。一来夸耀一下自己的"手艺"，二来聊慰怀乡与思亲之情吧。

红豆糕，是旧时代农村家庭最普通的一道点心。每逢过新年时，母亲做起来却是加工加料。加的料是枣子、莲子、花生和桂圆肉。母亲常常自夸说："这样多名堂做出来的红豆糕，真比外路来的什么洋点心还好吃一百倍呢。"

那真是一点不错的。我吃过喝洋墨水的二叔从上海带回来的什么奶油蛋酥饼，甜甜腻腻的，还透着一股子牛骚臭，哪有妈妈做的货真价实的红豆糕好吃？我问母亲："过新年时吃的东西这么多，您做糕，只是锦上添花。为什么平时做不加这么多名堂呢？"母亲笑笑说："再好的东西，天天吃就没稀奇了。这叫做少吃多滋味。你知道莲子、红枣、桂圆有多贵呀，过年时是讨个好彩头，五样名堂就是五子登科嘛。"我跳起来说："妈妈，我就是您那个登科的子喽！您不是说'男女平权'吗？"我把小拳头一伸，十分得意的样子。

因为那个时候常听人喊"女权运动"。母亲说："你们新式的讲女权运动，却只喊不做；我们老式的女人天天都在做'女权运动'。我们的一双拳头力气大得很，能磨粉、捣年糕，会搓麻绳、做草鞋。男人会做的，我们都会帮着做。还有我们的一双脚，里里外外，一天走到晚，不是有女'拳'又有'运动'吗？逢年过节，那就运动得更勤快了。"听得我的家庭老师哈哈大笑，说母亲实在是个实践的新女性。二叔说："这叫做'幽默感'。"我不懂"幽默"是什么意思，还以为二叔在夸赞母亲"有美感"呢，也替母亲大大地高兴起来。

做红豆糕的方法其实很简单，只要把浓浓的红糖汁倾入硬米三分之二、糯米三分之一的米粉中和匀（我的家乡在六月早谷收成时有一种红米特别香，如果用红米粉和在一起，那就更好吃了），再加煮熟的红豆，最后撒入红枣片、桂圆丁、莲子、花生等。然后倒入钵子里，上笼子蒸。只看冒出的气笔直了，再用筷子尖插入糕中试一下，不黏筷子就是熟了。

供菩萨和祖先的，母亲就仔仔细细地在糕面上用枣子、莲子摆出一朵花儿来；普通吃的，就只在正中央镶一粒红枣，再撒点桂圆碎末子意思意思。我抱怨说："这么点儿料，连小麻雀都瞧不上眼呢。"母亲生气地说："走开走开，过年过节的，小孩子不准在边上乱说话。"我有个顽皮的小叔叔，肚才很好，就随口地吟诗赞美起来："这叫作'红豆糕儿一点心'。"母亲听了高兴地说："对啦，就是这一点点心意嘛。"小叔趁机摊开乌黑的脏手掌心说："大嫂，先给我一块尝尝嘛，回头我帮您刷蒸笼。"母亲笑骂道："你几时帮我刷过蒸笼？倒是帮我清过酒壶呢。"因为小叔时常乘母亲不备，偷碗橱里的老酒喝，我也跟着一起品尝。母亲骂归骂，还是用菜刀切了糕，分我们一人一块。哦，好香软，好好吃呢。那股子香甜味儿，至今还留在齿颊间呢。

几十年来，无论平时或过年，我都常做红豆糕。各种材料比当年得来容易多了，可是无论如何地加工加料，做出来的糕总不及小时候从母亲手中接过来的好吃。是自己手艺不到家还是因为亲爱的母亲做的任何点心永远是最好吃的呢？

令人泄气的是我那另一半竟是个相信西点比中点好吃的"崇洋派"。我每回辛辛苦苦做好，他都不屑一尝。如果不是朋友们的鼓励与夸赞，我真会没兴趣做了。如今来到美国，举目全是西点，他倒又怀念起我土法做的红豆糕来了。真高兴他总算还有那么点儿"不忘本"。这回，我别出心裁，红豆、枣子、桂圆之外，却以松子、核桃代替莲子、花生，又加了几匙巧克力粉。他一尝，大为赞赏地说："这回真好吃，简直是中西合璧的巧克力糕嘛。你真能'研究发展'"。他的理论又来了。

但为了纪念母亲的俭省，我仍旧简单地称它为红豆糕。想想在母亲那个时代，怎舍得买名贵的松子、核桃？又哪来洋里洋气的巧克力粉？但她蒸出来的红豆糕怎么会那么香软，那么好吃呢？

编草鞋

　　早年，农夫们穿的草编鞋分两种，一种叫草鞋，一种叫蒲鞋。草鞋只有一层厚厚的底，前后各有一根长长的鼻梁，弯上来连着绳子，套过两边各四个圈圈，绑在脚背上，就像现代男女穿的最新式的凉鞋；蒲鞋的头是方方的，包上来像鞋子，也像一条方舟。草鞋是稻草编结的，供农夫下田工作时穿；蒲鞋是较精致的蒲草编结的，是工作完毕洗了脚，穿上它享福的。蒲鞋的做工比较细，所用工具也不同，所以都是向城里买现成的；草鞋却多半由妇女们自己编结。

　　编草鞋，手工有粗细之不同。结得好的，又扎实又柔软，穿在脚上很服帖；手工差的呢，那就松垮垮的，没穿几次就不行了。

　　结草鞋的工具很简单，只要一张矮矮的长凳，前头一个木架以便套两根绳子，成为四股，是草鞋的经。工作时，人跨坐在凳上，像踩自行车的姿势，把一条宽宽的腰带绑在身上，前面的绳子就拴在腰带的扣子上，绑得紧紧的。然后把稻草一小撮一小撮搓了，套过四根绳，上下来回地编结。稻草在事前要用木棍锤软，但若锤得太过头，草会断，要恰到好处。所以锤功也是很重要的。

　　我家有一位堂房四婶，她结的草鞋又软，又结实，是村子里第一等的。大家都纷纷向她订购。她性情沉静，终日不言不语的，忙完了厨房里的工作，就到后面天井里坐下来编草鞋。她坐的姿势跟别人不一样，别人都是骑马式的，她却斯斯文文地侧着身子坐。我看她这样扭着坐不舒服，问她为什么不正对前面的木架，两脚跨两边坐。她总是很不好意思地说："那多不成样子呀，女人家嘛。"

我母亲最喜欢四婶，每回她编结草鞋时，都抽空去陪她，端张矮凳坐在边上帮她理稻草，修剪结好的草鞋。有时前后的鞋鼻梁还要用牙去咬，把它们咬软。工作可真不轻松呢。

母亲擅长绣花，不大会编结草鞋。她总是夸四婶的草鞋编结得有棱有角，别说穿了，看看都舒服。四婶谦虚地说："不像大嫂会那么好的细工，只有做粗活了。"妯娌俩有说有笑，是她们忙里偷闲，最快乐的时光。

她俩工作时，边上一定少不了我这个捣蛋鬼。四婶手巧，兴致来时，会给我编一只迷你草鞋，好可爱。我用细麻线拴起来，挂在襟前荡来荡去，游手好闲地看着她们工作，就是没有学会编，连帮着理一下稻草、修剪一下结好的草鞋都没耐心。母亲训我，四婶就说："别逼她做，还是读书好。"母亲说："读书归读书，粗工细活也都提得起一点。长大了就晓得，万样东西都是辛苦做成的。"

于是母亲讲起祖父上省城赶考的故事。

祖父赶考上路时，身边带了最大的一笔财产——两块银元，此外是一袋麦饼、一小包盐和一串大蒜头。脚上穿一双草鞋，包袱里带一双蒲鞋和一双布鞋。赶路时穿草鞋；到客栈后洗了脚，换穿蒲鞋；到了省城，再换穿布鞋。崭新的，才好体体面面地做客人。至于两块银元，一路上叮叮当当地在口袋里响着，绝对舍不得兑换开来，因为是曾祖父卖掉一亩田换来的。有麦饼充饥就很好了。住进客栈，就给旅客代写家书、看病开方、

编草鞋

拆字算卦，把膳宿费赚下来了。母亲说："据你祖父说，连那双蒲鞋都只套过几回，又全新地带回家来了。"

这些古老的事儿，母亲和四婶说得津津有味，一遍又一遍。我，一个顽皮的小丫头，哪懂得什么叫俭省？只觉得老一辈的人太不会享福了。我若有两块白花花的银元，一到省城，第一件事就是马上兑换开来，先买一种叫做巧克力或朱古力的糖来尝尝，然后拿几个银角子买一双白底亮闪闪的缎鞋来穿上。进省城，怎么可以穿布鞋呢？祖父居然还把一双蒲鞋又带回家，这样的俭省法，不是连房子都要倒过来装银子了吗？可是我们家不但没有发财，还一直很穷，什么原因呢？母亲告诉我说："因为你祖父省的是自己，帮起别人的急难，可一点也不省呢。你可要牢牢记得祖父穿草鞋进省城、带蒲鞋回来的事哟。"

她边说边用剪刀修剪草鞋，嘴里喃喃地念着："只要勤与省，稻草变黄金。"我定定地看着，忽然觉得她手里的草鞋在太阳底下照着，好像格外光亮起来。母亲和四婶把一根根的稻草都像黄金般地宝爱呢。

穿花球

一想起母亲教我穿的花球，就会想起清明节，因为花球是清明节上坟时挂在树梢上的。鲜花穿在一起的花球，在绿叶中迎着风儿飘来飘去，真是好可爱，至今这情景常在我梦中出现。今年的清明节农历三月初四，正好是四月四日①儿童节呢。

说起"儿童节"这个名词，在我们那个时代是听也没听说过的，因为我们小时候只知道要听大人的话，要尽量帮大人做事，哪里知道会特别订个日子，让我们玩个畅快呢？

事实上，我们乡下的节目好多好多，简直天天在过节，时时在过节。比如采山楂果、插秧、打麦子、犁田车水、做纸……大人们忙得不可开交的日子，小孩子就像过节似的兴奋起来了。帮大人做事，哪怕只用个小竹篓、小畚箕拴在身上跟在长工后面追来追去帮倒忙，都会有得吃，有得喝，小肚子撑得跟蜜蜂似的，那份快乐就跟过年过节一模一样。

清明节当然是一个慎终追远、扫墓祭祖的重要节日。小学与私塾都要放假一天，因为孩子们要跟着上坟，烧纸钱，放鞭炮，分米糕，放风筝。鞭炮放得响，风筝放得高，表示家业兴旺、子孙绵延。因此，小孩子在上坟这一天是很重要的角色。

---

① 1931 年的中华慈幼协会设立的儿童书，台湾地区沿用。

我是女孩，是不准爬上坟坛的高处去的。但上坟不能不去，于是母亲就把族里几个女孩聚在一起，教我们穿花球。母亲早已教会了我，就由我当小老师，教同伴做。采摘院子里墙脚边的小小牵牛花，有紫色、粉红色、白色的多种。这种花只开放半天就收缩起来像个拳头，所以要趁着盛开时摘下，连花萼一起摘。仔细地剥下花托，就出现一粒绿色小珠子，珠上一条细丝就是花蕊正中央那一根。把珠子轻轻往后抽，它就垂下来了。这样一朵朵抽好以后，再用一根针线，把花绕圈儿穿起来，穿成一个球形，四面八方的珠子挂下来荡来荡去，非常美丽。一个花球大约需要二十朵花，可以红白相间，反正满园都是野花，可以做好多个花球。把它挂在祭品的担子上，一路挑上山去。

　　花球是我家清明上坟的特色，也是我最得意的绝活。为了做花球，家庭教师答应放假一天，因此我也跟乡村小学的学生似的，过一天像现在一样的儿童节。

　　可是家庭教师不太赞成采摘那么多花儿来穿花球，他摇摇头说："山花山草，自自然然地生长，自由地开，自由地谢。你把它们摘下来，不是摧残生命吗？"我把这话告诉母亲。母亲想了半天，想出个道理来，说："花儿只开一天就谢了。我们把它穿成花球，多开些时光，把花香与颜色供给菩萨与祖先享受，不是更好吗？而且花木不像鸡鸭有血有肉有骨头，把鸡鸭杀了吃到肚子里，那才真是罪过呢。"我咯咯地笑了。母亲问我笑什么，我说："妈妈不是也叫长工杀鸡鸭吗？"她把脸一放，说："我反正不吃，罪过是你们的。"

　　亲爱的妈妈，她原是吃素念佛的，穿花球的快乐事儿才是她喜欢做的呢。

玉兰酥

　　玉兰酥是一种入嘴便化的酥饼，听听名称都是香的。它是早年我家独一无二的点心，是母亲别出心裁，利用白玉兰花瓣，和了面粉鸡蛋做出来的酥饼。

　　白玉兰并不是白兰花。白兰花是六七月盛夏时开的，花朵长长的，花苞像橄榄核，只稍稍裂开一点尖端就得采下来，一朵朵排在盛浅水的盘子里，上面盖一块湿纱布。等两三小时，香气散布出来，花瓣也微微张开了，用丝线或细铁丝穿起来。两朵一对或四朵一排，挂在胸前或插在鬓发边，是妇女们夏天的妆饰。但只一天工夫，花瓣就黄了，香气也转变成怪味。

　　母亲并不怎么喜欢白兰花。除了摘几朵供佛，都是请花匠阿标叔摘下，满篮地提去送左邻右舍。我家花厅院墙边有一株几丈高的白兰花，每天有冒不完的花苞、摘不尽的花。阿标叔要架梯子爬上去摘，我在树下捧着篮子接，浓烈的花香薰得人头都昏了。

　　母亲不喜欢白兰花，也是因为它的香太浓烈。她比较喜欢名称跟它相似、香味却非常清淡的白玉兰。白玉兰一季只开四五朵，一朵朵次第地开，开得很慢，谢得也很慢；花朵有汤碗那么大，花瓣一片片像汤匙似的，很厚实；开放时就像由大而小的碗叠在一起。花总是藏在浓密的大片叶丛间，把清香慢慢儿散布开来。

　　白玉兰的开放，都在中秋前后。那时母亲每天都到院子里抬头看看，闻闻花香。只开一朵花，当然不能采下来。直等它一瓣瓣自然谢落了，母亲连忙拾起，生怕花瓣着土就烂了，因为白玉兰花瓣是可以做饼吃的。母亲把它先放在干净的篮子里，也不能用水洗，一洗，香味就走了。等水分略干，就用手指轻轻剥碎（也不能用刀切，怕有铁腥味）。剥碎后和入面粉鸡蛋中拌匀，只加少许白糖，用大匙兜了放在浅油锅里，文火半煎半烤。等两面微黄，就可以吃了，既香又软，又不腻口。熟透了的玉兰花瓣有点粉粉的，像嫩栗，但更清香。

　　每年的中秋节，城里朋友送来我家的月饼种类繁多。除了上面撒芝麻的月光饼，还有苏式月饼、广式月饼。无论哪一种，母亲都不爱吃，她的兴趣是切月饼。厚厚的广式月饼切开来，里面是各种不同的馅儿。母亲只看一眼，闻一下就饱了。她总是说："这种月饼满肚子的馅儿，到底是吃皮还是吃心子呢？供佛也不合适，因为都是荤油和的。"所以她都是拿来送左邻右舍。

　　潘宅的广式月饼是邻居们最歆羡的，未到中秋，早已在盼待了。我呢？守在母亲边上，看她把一个个月饼切开，每个切四瓣，不同的馅儿配搭起来，每家一份。她把月饼用盘子放在一个精致的四层竹编盒子里，叫我提了挨家去分，让每家都尝尝不同的馅儿。但她总不忘加入一份自己做的玉兰酥。"也要让大家尝尝我的土月饼嘛！"她得意地说。

　　分月饼当然是我最最讨好的差事。每家吃了月饼，都对母亲说："广式月饼、苏式月饼只是稀奇点儿，哪里比得你做的玉兰酥？吃得我们的舌头都掉下来了。"听得母亲好高兴，她那一脸快慰的微笑真好比中秋节的月光一样地明亮美丽。

　　母亲只是喜欢做，自己吃得很少。老师说她是辛勤的蜜蜂，我念起他口传我的那两句诗:"采得百花成蜜后,为谁辛苦为谁甜?"①念了一遍又一遍,像唱山歌似的。老师问我,懂这意思吗?我说:"当然懂呀。蜜蜂忙了一大阵,蜜却被人拿去了。"母亲听了笑笑说:"你懂就好了。蜜蜂是很辛苦的,但是我宁愿你做一只勤快的蜜蜂,可千万别做讨人厌的苍蝇啊。"我咯咯地笑了。

我嘴上虽说懂,其实哪里懂?我若真的懂了,就不会像一只苍蝇似的,老是嗡嗡地纠缠着母亲而不帮一点点的忙了。

如今每回想起清香的玉兰酥与母亲所做的各种美味,心头就感到阵阵辛酸。母亲,一只辛苦的蜜蜂,终年忙碌,无怨无艾,默默地奉献一生,也默默地归去了。

几十年来,我从未见过家乡那种清香的白玉兰树,也无从学做香软的玉兰酥。中秋节一年年地度过,异乡岁月,草草劳人,心头所有的,只有无限的思亲之情。

---

① 出自唐代罗隐《蜂》。

补袜子

　　早年乡下人穿袜子，节省的都穿布袜，是用较软的蓝布或白布由妇女们自己缝制的。我家算是比较新式的，常从城里买来整打的棉纱袜子分给长工们，他们都要到过年过节时才舍得穿，称这种袜子为"洋袜"。崭新的洋袜还须先用布剪好一双底子，密密麻麻地砌成两层缝上去才穿。

　　会享福的父亲是不穿这样的袜子的，他不但穿没有上布底的洋袜，还穿从上海买回的丝袜呢。眼看穿得有破洞了，母亲好心疼，就想了个好办法：用一个茶杯套进去，把破洞绷得平平直直的，再用最细最软的线织补成四四方方的一块，还有花纹。厚袜用人字纹，薄袜用井字纹，既漂亮，又服帖。父亲穿在脚上，赞不绝口，对我说："这项本领，你要学学哟。"

　　我倒是真学会了。在上海读书时，冬天好冷，母亲为我织的毛袜穿破了，就是用这方法细心织补的，同学们都叹为观止。那时的上海小姐非常讲究，像我这样补袜子穿的同学，真是第一人呢。

　　抗战期间，逃难在穷乡僻壤。有一次，一位堂叔从城里卖完纸回来（乡下人自己做纸，一担担挑到城里去卖），兴奋地问我："你是去外路读过书的，听说过袜子用玻璃做的吗？"问得我傻住了。硬绷绷的玻璃怎么做袜子？想了好久，才想起小时候看四姑举行文明婚礼，做新娘的戴粉红头纱，穿粉红礼服，又细软，又透明。特地从城里请来的伴娘告诉我，这种纱叫做玻璃纱，贵得很呢。我对堂叔说，玻璃袜子一定就是玻璃纱做的，穿起来一定舒服极了。

胜利后回到杭州，去百货店里买玻璃袜子买不到，要到上海才有。店员说："玻璃的才好，玻璃袜子、玻璃皮包、玻璃梳子，种类多得很呢。"我有一个要好的同学，看我这样神往于"玻璃"，就在上海买了一双给我寄来。全家人当中，我是第一个穿上玻璃袜子的人。母亲那时如果还健在，一定会连连摇头说："这种猪油皮一样的东西怎么会经穿呢？"

其实玻璃袜就是尼龙袜。刚流行的那些年，人们很节省地穿，有破洞，溜丝，都一次次地补了再穿。那时的台湾，街头巷尾到处都有补丝袜的小小柜台，是勤劳妇女的一份兼顾家务的副业。我也曾买了那种特别的钩针自己补，连补袜子的两块钱都想省下来呢。

十年前，初次访美，一位久居美国的友人把一大包丝袜交我带回给她的朋友。说都是名牌袜子，只因美国人时间宝贵，没人补袜子，带回去补了还可穿一年呢。

没想到过不多久，台湾没人再补袜子穿了，因为时代进步，尼龙袜愈来愈便宜，现在更是地摊上满坑满谷一百元新台币买五六双，穿破就扔，哪里还有补袜子的大傻瓜呢？

写至此，忽然想起一位文友。她当年在屏东当小学校长时，好像曾领导一个妇女团体做各种手工艺品，其中一项就是将破旧的袜子绕着圆圈剪成连串的细长条，用一支粗大的竹钩针钩成各种形状的脚垫。因为袜子的花色种类很多，钩出来的垫子图案也就非常有现代感。我看了好喜欢，还在那儿见习过一阵。文友送我竹钩针一支，至今仍保留着，可惜花花绿绿的旧袜子

补袜子

没处找了。

最近，外子的羊毛衣袖子破了一个孔，我大显身手，用母亲教的人字纹织补法把破孔补得天衣无缝，穿起来服服帖帖。他非常满意地说："我的棉纱袜子也破了，也替我补一下，好吗？"我当然乐意，因为一来省钱，二来织补的时候可以重温儿时偎倚在母亲身边学做针线的快乐温馨。

最高兴的是，我这补袜子的本领今天又派上了用场。原子时代，人们偏偏又不喜欢穿原子袜 ①，要回头穿乡下人穿的棉纱袜。看百货公司的标价，含棉纱成分愈多的，价钱愈贵，这就是由于现代人又讲求"恢复原始自然"吧。

我又想起，如果母亲她老人家还健在，看见我也戴上老花眼镜补袜子，一定会高兴地说："棉纱袜子多好！又软又吸汗，不要穿猪油皮一样的玻璃袜嘛。"

---

① 指曾经炒作"量子科技"概念的所谓高科技袜子。

桂花卤·桂花茶

　　家乡老屋的前后大院里种的最多的是桂花树。一到八九月桂花盛开的季节，岂止香闻十里，简直整个村庄都是香喷喷的呢。古人说："金风送爽，玉露生香。"小时候，老师问我怎么解释，我信口说："桂花是黄色的，秋天里，桂花把风都染成黄色了，所以叫做金风。滴在桂花上的露珠，当然是香的，所以叫玉露生香。"老师点头，认为我胡诌得颇有道理哩。

　　母亲却能把这种桂花香保存起来，慢慢儿地享受，那就是她做的桂花卤、桂花茶。

　　桂花有银桂、金桂两种。银桂又名木樨，是一年到头月月开的，所以也称月月桂。银桂花是淡黄色的，开得稀稀落落的几撮，深藏绿叶之间，散发着淡淡的清香，似有若无。老屋正厅庭院中与书房窗外各有一株。父亲于诵经吟诗后，总喜欢命我给他端把藤椅坐在走廊上，闻闻木樨的清香，说是有清心醒脾之功，所以银桂的香味在我心中留下特别深刻的印象。在台北时，附近巷子里有一家院墙里有一株，轻风送来香味时，就会逗引我思念故乡与亲人。

　　与银桂完全不同的是金桂，开的季节是中秋前后。金黄色的花成串成球，非常繁茂，与深绿色的叶子相映照，显得很壮观。但是开得快，谢得也快。一大阵秋雨，就纷纷零落了。母亲不像父亲那样，她可没空闲端把椅子坐下来闻桂花香。她关心的是金桂何时盛开，潇潇秋雨何时将至。母亲称之为秋霖，总要抢在秋霖前摇下来才新鲜，因为一旦被雨水淋过，花香就消失了，不像银桂，雨打也不容易零落，次日太阳一照，香气又恢复了。所以父亲说木樨是坚忍的君子，耐得起风雨；金桂是赶热闹的小人，早盛早衰。母亲却不愿委屈金桂，说银桂是给你闻的，金桂是给你吃的，不是一样好吗？什么君子小人的？

摇桂花对母亲和我来说是件大事，忙碌的盛况就跟收谷子一般。摇桂花那一天，必须天气晴朗，保证不会下雨。一大早，母亲就从最茂盛的桂花树上折下两枝，分别供在佛堂里与祖先牌位前，那一份虔敬，仿佛桂花在那一天就要成仙得道似的。

太阳出来晒一阵子后，长工就帮着把篾簟一一铺在桂花树下，团团围住。然后使力摇树干，花儿就像落雨似的落在簟子上。我人矮小，力气不够，又不许踩到簟子里，只有站在边上看；一阵风吹来，桂花纷纷落在我头上、肩上，我就好开心。世上有这样可爱喷香的雨吗？父亲还做了首诗，其中一句说："花雨缤纷入梦甜。"真的，到今天回味起来都是甜的呢。

摇下来好多簟的桂花，先装在篓里，然后由母亲和我，还有我的小朋友们，一同把细叶子、细枝、花梗等拣去。拣净后，看上去一片金黄，然后在太阳下晒去水分。待半干时用瓦钵装起来，一层糖（或蜂蜜），一层桂花，用木瓢压紧，装满，封好，放在阴凉处。一个月后，就是可取食的桂花卤了。过年做糕饼是绝对少不了它的，平常煮汤圆、糯米粥等，挑一点加入，清香提神。桂花卤是越陈越香的。

母亲又把最嫩的明前或雨前茶焙热，把去了水汽、半干的桂花和入，装在罐中封紧，茶叶的热气就把桂花烤干，香味完全吸收在茶叶中。这是母亲的加工法。一般人家从我家讨了桂花，就只将它拌入干的茶叶中，桂花香不能被吸收，有的桂花甚至烂了。可见做什么东西都得花心思，有窍门的。剩下的，母亲就用来做枕头芯子，那真合了诗人说的"香枕"了。

母亲的日常生活十二分简朴，唯有泡起桂花茶来，是一点不节省的。她每天即便在最忙碌之时，都要先用滚水沏一杯浓浓的桂花茶放在灶头，边做事边闻香味。到她喝茶时，水已微凉了。她一天要泡两次桂花茶，喝四杯。她说桂花茶补心肺，菊花茶清肝明目，各有好处。她还边喝边唱："桂花经，补我心，我心清时万事兴。万事兴，虔心拜佛一卷经。"喝过的茶叶，她都倒在桂花树下，说是让花叶都归根。母亲真是通晓大自然道理的科学家呢。

杭州有个名胜区叫满觉垄，盛产桂花。八九月间，桂花盛开时，也是栗子成熟季节。栗子树就在桂花林中，所以栗子也有桂花香味。我们秋季旅行时，在桂花林中的摊位上坐下来，只要几枚铜板，就可买一碗热烫烫的西湖白莲藕粉煮的桂花栗子羹，那嫩栗到嘴便化，真是到今天都感到齿颊留芳。林中桂花满地，踩上去像踩在丝绒地毯上。母亲说西方极乐世界有金沙铺地。我想，那金沙哪有桂花的软、桂花的香呢？

故乡的桂花，母亲的桂花卤、桂花茶，如今都只能于梦寐中寻求了。

腌咸菜

无论在台湾或在他乡，相信谁都忘不掉自己的家乡味，尤其是桌边那一碟开胃的酸咸菜，所以各种罐头咸菜、酱瓜等总是生意兴隆。尽管都标榜是家传制法，卫生可口，可吃在嘴里，味道总是差那么一点点，说不出来，也许是缺少那一点朴实原始的家乡风味吧。

我小时候，每到吃饭，一爬上凳子就大喊，"我的钥匙呢？我的钥匙呢？"钥匙就是我顶顶喜欢的酸咸菜，因为母亲说我吃东西太挑嘴，饭吃得太少，长不大，所以一定要用钥匙把胃口开起来。酸酸甜甜香香的咸菜一到嘴里，胃口就开啦，所以把咸菜叫做钥匙。

母亲做这碟咸菜，不是像别人家里抓一把用少许油炒过的咸菜搁在桌上就算了。她是每隔几天就变换一种做法，有时用豆干末、笋末加酱油、醋、麻油凉拌，有时加小虾皮、姜、酒来炒。我喜欢吃用小虾皮炒的。小虾皮并不是虾尾，而是一种细细的、浑身透明的小虾子，晒干了还可以空口吃。外公说，海蜇没有眼睛，全靠成千成万的小虾子密密麻麻地趴在它身上，替它认方向，防敌人：东面叮一下，海蜇就转向西面；西面叮一下，海蜇就转向东面。庞然大物与微小的虾子相依相助，小虾子也免得被大鱼吞下肚去。小长工阿喜说："你就是大鱼，把小虾子吞掉了。"他又吓唬我说:"吃多了小虾子,浑身会长一粒粒像眼睛那样的黑点点,会痒死你。"外公说:"不会的。小虾子很补,是明目的。多吃了,眼睛会明亮。"我年轻时眼睛倒是明亮过,如今还不是一样地老眼昏花了?是不是离开家乡太久,没得吃小虾子的缘故呢?

母亲不大吃虾尾、小虾子等,她都是为自己做一碟素拌的。有城里客人来时,母亲的咸菜就得加工加料了,那就是用名贵的金钩虾尾代替小虾子,再加香菇、笋,都剁得碎碎的,热炒或用麻酱油凉拌,都非常好吃。其实咸菜本身就是香香脆脆的,不加任何佐料都一样好吃呢。

乡下人再穷,一大缸咸菜是家家都要腌的。腌的菜有好几种:盘菜(像雪白的盘子,切片晒干加少许盐,藏在小瓷钵里,可以吃很久)、油菜(用开水烫一下,捞起晒得很干,不加盐,是煨肉吃的)、萝卜菜(亦即雪里蕻)、芥菜等。腌得最多的是芥菜,因为芥菜在冬天经霜打之后特别鲜甜。田里要翻土种别的菜时,芥菜就收割起来,一株株铺在竹箩上晒软,再用盐揉透,然后由长工装进大缸中,赤脚跨进去使劲地踩,像踩葡萄酒似的;踩实以后,加上木盖,再压块大石头,不去动它。直等好几个月,冒出绿绿的咸水,从木盖上把咸水舀去,就可以开缸取食了。那些咸菜水真是咸得发苦,外公却储存一些当作治喉痛的药呢。

长工踩菜的时候,我常常在边上叫:"好脏啊,好臭啊。"指的是他们的大脚丫。母亲走过来,一把捂住我的嘴,笑骂:"不许乱说,走开走开,这样宝贝的东西怎么会脏?"长工得意地说:"我们种田人,一双脚天天光光的,太阳晒,雨水冲,怎么会脏?你这个千金小姐,双脚给鞋袜包得一点不通风,才臭呢。"他们说这些话的时候,母亲老早走开了,因为她是裹小脚再放开的，听了这话会难过。母亲只说，长工踩咸菜，脚被咸水泡得很痛，叫我不要乱说，要体谅大人们做事辛苦。

我尽管嫌咸菜脏，吃起来却津津有味，因为母亲做的咸菜，调味实在道地。她炒的时候就炒得特别透，油也加得足，这一点，她倒是不俭省，很大方。她说："咸菜是咬食的（家乡话，咬食是特别帮助消化的意思）。不多加点油，一下肚就饿，我连烧'接力'都来不及。"原来母亲打的仍是经济算盘。她不但重视食物的味道，还顾到全部食物的成本。母亲真是经济学大师呢。

百补衣与富贵被

平剧里，演乞丐的穿的衣服上全是红红绿绿、东一块西一块的补丁，表示衣衫褴褛。那种戏装叫做百补衣，也美其名曰富贵衫。戏里的乞丐穿起百补衣来又做又唱，非常好看。而且所有穿百补衣的落难公子到后来一定是高中头名状元，然后前呼后拥、吹吹打打地衣锦荣归。

小时候，母亲也给我穿百补衣。我穿起来可就不太高兴了，尤其是去看庙戏时，真怕旁人笑我是"潘宅女状元"，因为我不是演戏，而是穿母亲缝补过的破旧衣服。母亲也称它为百补衣，总是说："小孩子越穿旧衣服越积福，将来会有享不尽的荣华富贵。"

我生气地喊："将来？谁知道将来呢？眼前都没新衣服穿，还管将来？"尽管我不开心，母亲仍旧拼凑着零头布料给我补衣服，因为我穿得实在太费，尤其是父亲从外路寄回来的夏天衣料，母亲形容"薄得跟猪油皮似的，辰时穿了，戌时就破"。我又喜欢在树林里钻，一下子就钩了好几个破洞，不补怎么行呢？

其实照今天的眼光看来，母亲补的衣服还真有点现代艺术的味道呢。那时，她有满满两竹篓的零头布或零头绸子，一篓是夏天的薄料子，一篓是秋冬的厚料子，都小得跟豆腐干似的，母亲称之为布末，是街上惟一的裁缝师傅特地留起来给她的。她把两篓布末当宝贝似的，放在床下，还加几粒樟脑丸，怕老鼠来做窝。

　　给我补衣服，在母亲来说是牛刀小试，她的真本领是缝富贵被：选出色泽鲜艳的漂亮零头绸末，别具匠心地拼成一条被面，那才真是别致好看呢。现在不就有一种专门用小块料子拼缝床罩、靠垫、桌布等，称为 Quilt（绗缝面）的手工吗？母亲可谓开风气之先了。可惜粗心的我没有学，也因为穿了太多的百补衣，不高兴学。

　　母亲总把布末加以分类，质地不同，厚薄各异，一捆捆分别扎好，做起来取之不尽，用之不竭。她时常用彩色花布拼一条小被子，送给亲友中的初生婴儿当满月礼，祝宝宝长命百岁。拼缝好一条小被子可得好多时间呢。那时乡下年轻姑娘穿得最多的是蓝底白花或白底蓝花布衫，那是乡下土布，较富足人家的姑娘穿旧了就换新的。母亲也会向她们要来那些旧衣服，剪成小方块或三角形，白底蓝花间隔蓝底白花，缝成一条很好看的全新被单，能说母亲不是艺术家吗？

　　我十二岁以前都跟母亲住在乡下，穿百补衣的日子最多。冬天的棉袄穿破了，母亲补上一块，都是粗针粗线，补上破洞就好；逢年过节，才在外面套上一件新罩袍。罩袍往往是大朵花布的，穿破了，母亲又把它拆开，有时还小心地剪下花朵，补在纯色的衣服上，格外别致。

　　我在美国的百货商店里常看到一包包时新的小块花布，是专供打补丁用的，牛仔裤的膝盖上故意补一块花布，就算是现代艺术了。可见古今中外的审美观念可能是天然的，不然，作为老派农妇的母亲怎么会有那样新鲜的设计头脑呢？

　　有一年，母亲花了好几个月，用最柔软漂亮的绸缎零头料拼缝了一条大大的被面。她先把一块块的料子摆在一大张床单上，用针固定好，拼来拼去，比来比去，觉得不合适，又拆了重拼。我真佩服她的耐心，问她是给哪位新娘当嫁妆吗？她笑笑不回答。姑婆悄悄地告诉我："你妈妈是要缝一条又软又轻的夹被，寄到北平给你爸爸过生日的。"

哦，原来母亲如此细心地金针密缝，是把一缕相思、一腔心事都缝进这条被子中了。古人说："水晶帘里玻璃枕，暖香惹梦鸳鸯锦。"[①]母亲不用彩色丝线绣出一条鸳鸯锦被，宁愿用千百块细细碎碎的绸缎拼成一条她眼中的富贵被，伴随着她对父亲"长命百岁"的祝福，寄向千山万水的远方。那份缠绵的情意比古代闺中少妇的锦字回文还浓厚，又岂是我这个粗心大意的女儿所能体会的呢？

我离家外出念书，临行前，母亲为我收拾行李，把我常穿的一件百补衣棉袍也收进箱子。我坚持要取出来，说被同学们看到会笑我寒碜。母亲正色地说："你讲给他们听，这是你从小穿到大的衣服，要时时带在身边。它不是给你穿的，是给你压岁的，保佑你万事如意，长命百岁。"我听了忍不住掉下泪来。

可是在学校宿舍里，我从来不好意思把这件百补衣取出来，生怕同学取笑。直到有一次重伤风，冷得发抖，夜深时取出来披上，立感浑身温暖。后来到上海念大学时思念母亲，却再也找不到这件百补衣，不知被我丢失在何处了。

这些年来，凡缝制新衣，总请裁缝留给我一点点零头小块料子，渐渐地也累积了一大包。这次来美，都珍惜地收在箱角带来了。我明明没有母亲的好手艺，不会拼缝富贵被，也没闲情逸致缝现代艺术的百补衣，只是为了纪念母亲的节俭、勤劳与细心，更有她一针针、一线线、对女儿不尽的爱。我不时抚摸着这包零头布末，心头感到无限的温暖。

---

① 参考唐代温庭筠《菩萨蛮》。原句为："水精帘里颇黎枕，暖香惹梦鸳鸯锦。"

　　　　　　　　　　　百补衣与富贵被

菜　干

　　旧式农村，自种蔬菜，故可一年四季取之不尽，吃之不竭。但为了配合荤腥，调节口味，除了现拔现摘、现炒现吃的新鲜园蔬，家家户户都要在冰雪严寒的冬天腌制咸菜和菜干，在春夏之交晒菜心，以便随时平衡蔬菜之营养。

　　菜干就是干菜（我家乡的土话，许多名称都颠倒一下，例如拖鞋称鞋拖，罩袍称袍罩）。沪杭人称干菜为霉干菜，顾名思义，是要略经发酵，才会转为深咖啡色或黑色，越乌黑的越香。这也是母亲的一双魔术手所特有的技艺。所以夏天里，左邻右舍都来我家要点乌黑油亮的菜干，炒肉末、下稀饭吃，非常爽口。

　　菜干的腌制过程不像咸菜那么简单。先要整理出大小均匀的青菜，一棵棵用布擦净，一片片撕开，加适量的盐揉透，铺在簟上吹风至半干，收入瓮中。待若干时日，开启时闻到一股触鼻的霉酸味，取出切碎，置蒸笼中蒸熟，再取出在大太阳下晒干，干得跟茶叶一般，那就放多久都不会坏了。有的人家为了省钱，只晒不蒸。

　　我家的菜干特别乌黑，特别香软，原因何在？那是因为母亲在和盐搓揉时加入少许老酒汗。老酒汗是我家乡一种上等酒的名称，是拿自制的黄酒用大火蒸，蒸汽滴下来就是酒汗，也就是白干，比美国的"约翰走路"^①香得多了；次一等的叫烧酒，那是由酒糟蒸的，酒性烈，远不及酒汁来得醇厚。酒汁有防腐之功。此外，母亲还加进一些黄砂糖，帮助发酵，这是外公教的。外公说，这两样东西，别家是舍不得加的，这才是"潘宅菜干"的特色。

三四月，田里的油菜最多时，母亲还晒嫩嫩的油菜心。将尚未开花的油菜摘下嫩顶，洗净后在滚水中捞一下，取出沥去水，铺在竹簟上让烈日晒干，完全像现在的脱水菜。然后理得齐齐整整，一捆捆扎好，再用布袋包了，寄到遥远的北平给父亲尝新。看母亲一针针缝布袋时的神情，不只是在做一件工作，而是把一缕缕思念远人的情意都包在嫩菜心里了。

母亲做完干菜心和菜干，一副心满意足的样子。干菜心是煨肉吃的，她自己很少吃，贵客来了才烧。因为太好吃了，总是吃得光光的，我只能倒点卤汁拌饭吃。

外公来时，母亲一定煨一大碗给他老人家享用。我跪在长凳上看外公大口大口地吃菜。我问："外公，你为什么不吃肉呢?"外公说："娘边的女儿，肉边的菜。肉边的菜最好吃，娘边的女儿最享福。"

直到现在，我每回吃肉边菜，就会想起幼年时偎在母亲身边的幸福时光。

菜干煨肉当然也是一道好菜。乡下人俭省，只在过年时才煨，平时都是用油渣炒菜干，炒一大钵子可以吃十天半月都不会坏。记得有一次去邻居家吃尝新酒，一盘猪肝都一片片干得翘起来，底下垫的全是菜干，看看猪肝都发霉了。原来按乡下规矩，猪肝是摆样子的，不能吃，等尝新酒的热闹过去以后才

---

① 英文原名 Johnny Walker，苏格兰威士忌，现通译"尊尼获加"。

拿来炒豆干，还当作一道名菜呢。这是因为乡下人一年只养一头猪，而一头猪只有一副肝啊。

母亲说："一副肝也好，两副肝也好，我是不吃这样血腥东西的。"她吃得最多的是菜干炒豆干末，炒得香喷喷的。有时她还用菜干冲汤喝，像泡茶似的。她一边喝汤，一边念《菜干经》。

《菜干经》的词儿，我一字不漏地都记得，是这样的："菜干菜干经，撮把菜干泡碗汤，喝到心里妙荡荡。西方路上有金桥，有福之人桥上过，无福之人桥下过。妻呀妻，伸手来，带我去。当初奴家去拜佛，剃掉头发轮飞飞。你捣碎了我的经盘，又撕破了我的粗布衣，该有多罪过啊，你……"

"外公，什么人剃掉头发，什么人撕掉粗布衣呢？"我傻呼呼地问。外公摸着胡子呵呵笑道："问你妈妈吧。"母亲总是笑而不答。

此情此景，历历如在目前。

柚子碗、盒及其他

现代人凡是能够过俭朴日子的，都要说一句"你丢我捡"。捡起废物，可以利用来做各种实用东西，既省了钱，又可享受创造过程中的无限乐趣。

我母亲这位老式的农村妇女，可以说充分发挥了"你丢我捡"的俭省美德。任何破烂无用之物，她都能化腐朽为神奇，把它们变成家庭中不可缺少的用具、小玩意或小女孩的饰物。母亲年轻时一双十指尖尖的兰花手，到老来，尽管粗糙、多皱又多裂，却是一双会变戏法的魔术手呢！

现就记忆中略举几样来说说：

柚子碗、盒

家乡的秋来柚子是非常肥硕的。柚子成熟时，村里的孩子们都用竹竿敲打，柚子纷纷落地。大家都吃得胃里冒酸水了，母亲却吩咐大一点的孩子爬到树上，拣那些圆鼓鼓、匀称的小心摘下来，放在篮子里用绳子垂下来。这样柚子就不会"跌伤"，因为母亲是要拿柚子皮做容器的。

她先用刀在柚子齐腰之处轻轻画一圈，要瞄得很准，不偏不倚，兜过来刚刚兜成像地球赤道似的一条线。剥功也很重要，不能性急，要慢慢儿用指甲把皮挑开一点，再将大拇指伸入，轻轻地绕着割缝一圈圈愈转愈深，直到顶部蒂头之处，双手捧着一转，皮就完整地脱落下来了。趁着新鲜柔软，以大小适合的碗套入一盖一底。碗不能太小，以免皮干了会皱；也不能太大，以免皮会绷破，要恰到好处。放在透风处吹干，不能晒，晒了，皮就变黑，香味也跑了。等干透以后，将碗脱下，就成了两个玲珑的柚子碗，合在一起就是柚子盒。

柚子盒非常清香。外公拿它装旱烟，烟丝会透着一股柚子香。我呢？拿它装花生米，端着边走边吃，比放在口袋里弄得一袋的花生皮好得多。母亲用一个个柚子碗装糖果、素点供佛，真个是发挥了百宝盒的用途呢。

莲蓬烟管

杭州西湖的荷花，秋后花谢，结成莲蓬。那满包的莲子，不用说，是消暑珍品。大家采莲蓬，吃新鲜莲子，剥下来的莲蓬残梗狼藉满地，总是一把扫进垃圾桶，谁会想到它们还可以对人类做最后的奉献呢？

母亲却俯身拣取莲梗笔直、莲蓬头蒂部完整的，小心地剪去莲蓬头的大部分，只剩距离蒂头处一寸余的斗状物，挖去中间的海绵体，用绳子扎了，一根根悬在廊下吹一天，就可当旱烟管抽了。

莲蓬烟管的好处是清香去火气，外公最喜欢。我的故乡不产荷花，莲蓬烟管又不便邮寄回去，所以外公每回打算来杭州玩时，都拣在早秋季节，既可以吃新鲜莲子，又可以抽莲蓬烟管。外公来了，都是我为他剥莲子，装烟丝，其乐无穷。

父亲呢？更不用说了，都是我负责做烟管，装烟丝。抽完一筒烟，就把烟灰剔在从家乡带来的柚子碗里。这件工作对我来说是饶有情趣的游戏。

那时我已初学作词。父亲出题，命我写西湖秋景，我只会背两句别人作的词："数点晨星邻岸火，残荷秋后雨声低。旧路未曾迷。"父亲笑嘻嘻地说："残荷都被我们做了旱烟管，旧路也迷了。"[1] 我也大笑说："这才是焚琴煮鹤，大煞风景呢。"

父女相依的情景，忽忽已是半个世纪前的事了。

玫瑰露

柳宗元说，读韩文公文章，要先用玫瑰露漱口。这和欧阳修总要先以兰草熬汤洗手，再捧出韩文来读，是一样地对前辈表示敬佩之忱。兰草熬汤洗手不难，玫瑰露漱口岂不是太浪费了？也不知柳宗元哪来那么多的玫瑰露呢。

我母亲会制玫瑰卤，我却称之为玫瑰露，以增加美的联想。

母亲将盛开的玫瑰花摘下，倒挂于透风的廊下吹去水分。不可在强烈阳光下照，以免变色及太干，玫瑰香味将尽失。

半干后，一片片轻轻剥下，撕碎。将冰糖用适量滚水溶化后，趁热投入玫瑰花片拌匀（不能用蜂蜜，恐有腥味，就不纯了）。将拌匀的糖浆倾入玻璃罐中，因有水，不会结成硬块。数日后，溶液渐呈粉红色，颜色愈来愈深，玫瑰露就告成了。

我家院子里的玫瑰花非常多，花匠阿标叔每天清晨都会剪几朵给母亲供佛。因佛堂不透风，供过的玫瑰花，因水分不能放散，颜色暗了，所以不能用以制玫瑰露，只能撕碎和在糕饼

---

[1] 琦君的父亲于1927年从北平回温州后，结束了政治及军事生涯，之后移居杭州，再未出仕。

里吃。

母亲是个重实用的人，花儿草儿都尽量拿来做出好吃的东西。但她别出心裁的细致心思，是当时全村其他妇女所不及的，与其说是煮鹤焚琴，不如她是吃莲花的雅客呢。

后来我看了《红楼梦》中的"玫瑰露""茯苓霜"，高兴地告诉母亲，她笑眯眯地说："当年初（从前）的女人家真能干，哪像我只会拿切菜刀呢？"母亲总是这般地谦虚，其实她的一双巧手会的事儿可多着呢。

春　酒

　　旧时代农村的新年是非常长的。过了元宵灯节，年景仍尚未完全落幕，还有一个家家邀饮春酒的节目，再度引起高潮。在我的印象里，其气氛之热闹，有时甚至超过初一至初五的五天新年呢。原因是：新年时，注重迎神拜佛，小孩子们不许在大厅上、厨房里玩儿，生怕撞来撞去，碰碎碗盏。尤其我是女孩子，蒸糕时，脚不许搁在灶孔边，吃东西不许随便抓，因为许多都是要先供佛与祖先的；说话尤其要小心，要多讨吉利。因此觉得很受拘束。过了元宵，大人们觉得我们都乖乖的，没闯什么祸，佛堂与神位前换下来的供品堆得满满一大缸，都分给我们撒开地吃了，尤其是家家户户轮流邀喝春酒时，我是母亲的代表，总是一马当先，不请自到，肚子吃得鼓鼓的，手里还捧一大包回家。

　　可是说实在的，我家好吃的东西多，连北平寄回来的金丝蜜枣、巧克力糖都吃过，至于花生、桂圆、松糖等已不稀罕了。那么我最喜欢的是什么呢？乃是母亲在冬至那天泡的八宝酒，到了喝春酒时就开出来请大家尝尝。"补气、健脾、明目的哟！"母亲总是得意地说。她又转向我说："但是你呀，只能舔一个指甲缝。小孩子喝多了会流鼻血，太补了。"其实我没等她说完，早已偷偷地把手指头伸进杯子里好几回，已经不知舔了多少个指甲缝的八宝酒了。

八宝酒，顾名思义，是用八样东西泡的酒，那就是黑枣（不知是南枣还是北枣）、荔枝、桂圆、杏仁、陈皮、枸杞子、薏仁米，再加两粒橄榄。要泡一个月，打开来，酒香加药香，恨不得一口气喝它三大杯。母亲给我在小酒杯底只倒一点点，我端着，闻着，走来走去。有一次，一不小心，跨门槛时跌了一跤，杯子捏在手里，酒却全洒在衣襟上了。抱小花猫时，它直舔，舔完了呼呼睡觉。原来我的小花猫也是酒仙呢！

我喝完春酒回来，母亲总要闻闻我的嘴巴，问我喝了几杯酒。我总是说："只喝一杯，因为里面没有八宝，不甜呀。"母亲听了很高兴，请邻居来吃春酒，一定每人给他们斟一杯八宝酒。我呢？就在每个人怀里靠一下，用筷子点一下酒，舔一舔，才过瘾。

除了春酒，我家还有一项特别节目，就是喝会酒。凡村子里有人急需钱用，要凑齐十二个人起个会。正月里，会首总要请其他十一位喝春酒表示酬谢，地点一定借我家的大花厅。酒席是从城里叫来的，和乡下所谓的八盘五、八盘八不同（就是八个冷盘，当中五道或八道大碗热菜），城里称之为"十二碟"（大概是四冷盘、四热炒、四大碗煨炖大菜），是最讲究的酒席了，所以乡下人对人表示感谢的口头禅就是"我请你吃十二碟"。因此，我每年正月里喝完左邻右舍的春酒，就眼巴巴地盼着大花厅里那桌十二碟的大酒席。

母亲是从不上会的，但总是很乐意把花厅提供给大家请客，可以添点新春喜气。花匠阿标叔也巴结地把煤气灯的玻璃罩擦得亮晶晶的，呼呼呼地点燃了，挂在花厅正中央，让大家吃酒发拳吆喝时格外兴高采烈。我呢？一定有份坐在会首旁边，得吃得喝。这时，母亲就会捧一瓶她自己泡的八宝酒给大家尝尝助兴。

席散时，会首给每个人分一条印花手帕，母亲和我各有一条，我就等于有了两条，开心得要命。大家喝了甜美的八宝酒，都问母亲里面泡的是什么宝贝，母亲得意地说了一遍又一遍，高兴得两颊红红的，跟喝过酒似的。其实母亲是滴酒不沾唇的。

　　不仅不喝酒，母亲终年勤勤快快地做这做那，做出新鲜别致的东西，总是分给别人吃，自己很少吃。人家问她每种材料要放多少，她总是笑眯眯地说："差不多就是了，我也没有一定分量的。"但还是一样一样仔细地告诉别人，可见她做什么事都有个尺度在心中。她常常说："鞋差分，衣差寸，分分寸寸要留神。"

　　今年，我也如法炮制，泡了八宝酒。供过祖先后，倒一杯给儿子，告诉他是"分岁酒"，喝下去又长大一岁了。他挑剔地说："你用的葡萄酒是美国货，不是你小时候在家乡自己酿的酒呀。"

　　一句话提醒了我。究竟不是道地家乡味啊！可是叫我到哪儿去找真正的家醅①呢?

---

　　① 　未过滤的酒。杜甫《客至》诗："盘飧市远无兼味，樽酒家贫只旧醅。"

春　酒

卷三　异乡的仙桃

一饼度中秋

一位朋友的女儿在电话里对我说："明天是中秋节了，祝阿姨中秋节快乐。"难得在海外长大的年轻人还能如此重视中国节日。我呢？来美才两个月，过的是漂泊不定的寄居生活，连星期几都记不清，更莫说中秋节了。原本是大陆性气候的美国，此时正该是"金风送爽，玉露生香"的好时光，却反常地由华氏六十多度突升到九十多度①。他们因而称之为第二个夏天，连秋老虎都没这般凶呢。在汗出如浆中（住处不便开冷气）丝毫没有"露从今夜白"②的美感，也就没有"月是故乡明"③的伤感了。

去年中秋节在台北，他公司照例放假半天。中午回家时，他喜孜孜地捧着一盒月饼对我说："特地买的名牌月饼，四色不同。有你爱吃的五仁、豆沙，有我爱吃的金腿、莲蓉。"我马上抱怨："你又买月饼。年年买月饼，既贵又腻口，还不如我自己做的红豆核桃枣糕呢。"他嗤之以鼻地说："又是你的乡下土糕。你的糕是方的，我的月饼是圆的呀。"我大笑说："你真笨，用圆的容器蒸，不就是圆的了吗？"他只好点头："好好，你吃你的枣糕，我吃我的月饼。"

不等我端出中午的饭菜来，他就打开盒子想吃。我提醒他：

---

① 约相当于从摄氏近20度升至摄氏30多度。
②③ 出自杜甫《月夜忆舍弟》。

"要先供祖先呀。"他抱歉地说:"差点忘了。"他凡事都非常以自我为中心,只有供拜祖先这件事倒是从善如流。这也是我二人在生活上、思想上最为融洽、快乐的时刻了。

说来没人相信,那一盒四个月饼,我俩就像小老鼠似的,啃啃停停,一个多月才啃完三个。剩下一个豆沙的,再也没胃口吃了,就把它收在冰箱里冷冻起来,开玩笑地说:"明年中秋节再吃吧。"那个月饼就这么从去年中秋摆到今年端午,再从端午摆到盛夏。我好几次想利用它里面的豆沙做汤团吃掉,但总没有心情与时间。直到来美前清理冰箱,才取出这个"硕果"月饼,搁在手心里摸了好久,犹豫了好久,难道把它带到美国去吗?只好狠心地扔进了垃圾桶。沉甸甸的"噗通"一声,听了又感到好心疼。

真是无论如何也没想到又会来美国过中秋,而且过得如此地意兴阑珊。按说以今日朝发夕至的交通方式,远渡重洋原不算一回事,可我是个恋旧得近乎固执的人,好端端地,又把一个家搬到海外再住上几年,对我来说真有一种连根拔的痛苦感觉。但有什么办法呢?女人嘛,总得顾到"三从四德"吧。

他今晨笑嘻嘻地对我说:"今天公司里会每人发一个月饼,给大家欢度中秋。不知道主办人能不能在中国城买到跟台北一样香甜的月饼,也不知道我分到的会是什么馅儿的。只有碰运气了。"对于吃月饼,对于月饼馅儿的认真,他真是童心不改。他最爱吃那种皮子纸一样薄、馅儿满肚子的广东月饼,嘴里好像老留有幼年时在外婆家吃的第一个广东月饼的香甜滋味呢。我呢?小时候因为偷吃了老师供佛的素月饼的一边角而被罚写大字三张,所以我的那段记忆远不及他的快乐,也许因此种下了不爱吃月饼的心结。

他上班后,我在想,是不是蒸一盘红豆枣糕应应景?且又是我最爱吃的。可是米粉呢？红豆、枣子呢？都得远去中国城买，得换三次车才到，哪里像在台北时跨出大门过一条大街五分钟就买回来了？还有蒸锅盘碗等，都得向房东借，太麻烦了。只得嗒然放弃一时的兴头，专心等他带回那一个月饼了。

他下午比平时早一小时回到家，手里小心翼翼地捏着一只锡箔纸小包，兴冲冲地递给我说："呶，月饼。今儿大家提前下班回家过中秋。"他喜孜孜的笑容就跟在台北时捧着一盒名牌月饼进门时一模一样。我打开纸一看，说："啊，是苏式翻毛月饼①嘛。我倒比较喜欢苏式的，你呢？"他说："苏式、广式，还不都是月饼？我们吃的是月，不是饼呀。你看这雪白的样子，不是更像月亮吗？"他真懂得享受人生，懂得随遇而安的乐趣。

我只做了一菜一汤（居处未定，一切从简），洗一碟葡萄，再摆上唯一的月饼，恭恭敬敬地向我们在天上的父母拜了节，就开始吃我们丰盛的晚餐了。月饼虽非台北名牌，但因豆蓉不那么甜得腻人，馅儿像猪肉又像牛肉末，反比金腿可口。也不知是因为物以稀为贵还是人在他乡心情不同，总之，吃起来别有一番滋味在心头。

饭后，原打算出去散一会儿步，可是天气骤变，霎时下起滂沱大雨，气温也直线下降（连宝岛的海洋性气候都望尘莫及呢）。中秋无月，遇上杜甫或苏东坡等古人，就得吟诗一番，以表遗憾。可是现代人对月球坑坑洞洞的脸儿已经不稀罕，中秋有月无月，也就不再关怀了。

何况一阵豪雨过后，暑气全消，这才是"已凉天气未寒

---

① 苏式酥皮月饼。据说出炉后放桌上，轻拍桌面，白色酥皮即如白色鹅毛般轻轻翻起，因而得名。

时"① 的光景。天公究竟识时务，不会让人一直过秋天里的夏天。我宁愿在灯下阅读，静静地度过一个冷落清秋节，又何必举头望美国的月亮呢？

一道菜、一个月饼，就这样度过了异乡的中秋节。可我还是好怀念在台北临行前从冷冻箱里取出来的那个石头样僵硬的豆沙月饼。我万不得已地把它扔进了垃圾桶，那沉甸甸的"噗通"一声，还一直敲在我的心头呢！

1983 年中秋夜于新泽西州

---

① 出自晚唐韩偓《已凉》诗："八尺龙须方锦褥，已凉天气未寒时。"指暑热已退，秋凉刚降。宋代李之仪《浣溪沙》中也有此句："酒韵渐浓欢渐密，罗衣初试漏初迟。已凉天气未寒时。"指夜渐长，秋初至。

再做"闲"妻

六年前他调差来美，我追随他过了三年悠闲生活。因为没有正当职业，吃的是一口闲饭，做的是名副其实的"闲"妻，倒也照顾得他无微不至，以求无愧于"闲"妻的美称。

回台湾后，我有自己的生活圈，终日忙忙碌碌。他有时抱怨连中午一个简单的饭盒还没有在美国时做得可口、漂亮。我回答说："那时是专职，如今是兼差呀。"他只好凑合着吃了。这次，他再度调差来美，我也只有义不容辞地再度追随，做我的专职"闲"妻了。

初到时，我们搬了两次家。第二次租的房子是房东刚买下的一幢庭院旧屋，后院荒草没胫，百废待举，冰箱、洗衣机都坏了。房东一家打工赚钱忙，无暇修理，一时未买新的。我们自己呢？必要的厨房用具如电锅等还都封在纸箱里寄放在他同事家的地下室。缺少了这三件最方便的电气设备，洗衣做饭都得仰仗手工，菜也得现炒现吃，而且隔天要跑超级市场。我这个"闲"妻就不怎么闲了。

幸得我一向自许为今之古人，对于旧时代农村的手洗衣服与灶上煮饭的情景还颇为留恋，也自认为颇有心得，倒可借此重温一下旧日的生活。于是我施展出农妇的本领与美德，慢条斯理地把他的衬衫和内衣一件件用手洗得干干净净（当然也由于现代的清洁剂效率高），再一件件挂在后院大太阳底下晒干或于风中吹干。那股子太阳香岂是从烘干机中取出所能有的？至于煮饭，量准了水，看好了火，慢慢儿地烘。烘出来的饭又香又软，尤其是锅底一层恰到好处的薄薄锅巴，对我的胃病最相宜，这又是电锅饭所做不出来的。菜呢？因无冰箱，当然每顿都现炒，每顿都吃完，吃得他非常满意（哪个大男人喜欢吃从冰箱里端进端出的剩菜？剩菜都成了太太的专利品）。

他帮着收衣服时总是很高兴地说："这些内衣越洗越白，跟新的一样。可见华人洗衣店广告上手洗人工的可贵。"他并不知道老妻双手将生硬茧矣。

吃饭前，明明饭已烘得熟透了，他总要走来打开锅盖，尖起嘴唇使力一吹，说："哦，好了，可以吃了。"我问他这是什么道理，他得意地说："记得我母亲当年煮饭，总要打开锅盖这么一吹，倾耳听听那声音，就知道饭是不是透心了。"我问他："你倒说说是怎样一种声音？"他神秘地说："只可意会，不可言传。"我说："好，那么以后的炊（吹）事就归你主持了。"

殊不知，他这一吹不打紧，却因手忙脚乱而时常打翻我炉边的酱油瓶、酒瓶等，害得我更为手忙脚乱。如此看来，所有的"闲"妻，事实上都很少能真正得闲。

倒是有一次，很感谢他对我的"精神支援"。我正伏身洗衣，搓得腰酸背痛，口又干，正想就着水龙头接点儿冷水来喝，猛抬头却见他端了满满一杯橘子水，急匆匆地说："快喝吧，真正的鲜橘水，特地为你买的。"我接过来喝了一口，唔，鲜橘水，不一样就是不一样，那股子清香味儿如玉露琼浆，凉沁心脾。我喝了几口，递还给他说："你喝吧。你最讲究营养，喜欢喝真正的鲜橘水。我嫌太浓了。"他生气地说："看你那今之古人的作风又来了。不要太辛苦，难得享受一下嘛。"我无可奈何地说："你先喝吧，剩点儿给我就可以了。我的胃装不下。"我们就这么举"杯"齐眉，难得相敬如宾地喝完这一杯玉露琼浆。相信他一定以为我像大力水手吃了菠菜罐头似的，双臂力大无穷，洗衣服再也不会酸痛了。

还有烧菜。我们都爱吃鱼，但从超级市场买的鱼看似新鲜，烧来却很腥，只好炒成鱼松，倒是香香脆脆，非常开胃。只因鱼不如中国城买的新鲜，姜酒之外，还得稍稍多加点儿盐。有一天，我灵机一动，把鱼松撒在蛋炒饭里一搅拌，竟然像台北一家馆子里有名的咸鱼炒饭，非常好吃，吃得我们胃口大开。饭后不免喝了好多水，他的评语又来了："你呀，菜愈烧愈咸，你不但是'闲'妻，简直是'咸'妻嘛。"我说："我是在农村长大的。乡下女人烧菜都很咸，省钱嘛。你没听说过一个笑话吗？一位母亲把一条咸鱼挂在厨房的柱子上，让孩子们只看一眼，挖一口饭。妹妹告状说，哥哥看了两眼才挖一口饭，母亲就骂他会咸死。可见中国的农村家庭有多俭省。所以烧咸鱼、咸菜的'咸'妻，才是会勤俭过日子的贤妻呢。"

他只好摇头叹息道："你呀，真是一位顽固的今之古人。"

鼠年怀鼠

我对于有生命的东西，除了蟑螂蚊蝇不得不扑灭之外，其他连人人都喊打杀的老鼠也不忍加以伤害。这当然是十分"愚夫愚妇"的作风，但我之所以会如此，实在是有一段缘由的。

初中时代，美籍老师施德邻女士教我们读《小妇人》，赞到二姐乔因有意地把男友让给最亲爱的三妹贝丝，心情不免有一丝丝的矛盾与寂寞，在小角楼里孤单单地读书写作时，一只小老鼠是她倾吐心曲的对象。他们成了莫逆之交。施老师用抑扬顿挫的音调读这一段文字时，我们全班同学——一群纯真易感的小女孩——都感动得掉下泪来。抬头看施老师，深凹的眼中也似乎闪着泪光。我当时心想，她是一位终身不嫁的虔诚基督徒，专心教书与布道，难道也会有寂寞的感觉吗？这个疑问当然始终无法得到答案，但从那以后，我对老鼠不免产生了一份好感。

没想到整整三十年后，我们师生在台湾重逢。施老师已白发皤然，可是精神十分矍铄。她因为热爱台湾，热爱中国朋友，决心晚年定居台湾，以传教终老。我们几位同学去新竹青草湖看她，她欣慰地对我们说："台湾真好，连青蛙老鼠都那么亲切。傍晚散步田间时，青蛙会跳到我的脚背上来。夜间，灯下诵读《圣经》时，有一只小老鼠就会匍匐在桌上陪伴我，当然我得喂它点儿巧克力糖或饼干屑。它的胃口很小，礼貌又好，相信它只是为了陪我，而不是为了吃。"施老师仍旧是当年授课时的幽默神态。谈着谈着，已经到了掌灯时分，我们好想观赏一下那只小老鼠的风采，可它并没有出现。施老师笑笑说："它很聪明，知道今晚我有你们一群老朋友聊得这么高兴，不会寂寞，它就不用来陪伴我了。"

说到这里，施老师忽然微喟了一声，轻声地说："一个人在寂寞的时候，最能领受爱，也最能给予爱，所以寂寞的心是最温厚的。当年教你们读《小妇人》那一段故事时，我就有这种感觉。但那时你们太年轻，说了你们也不会懂。"

我望着老师深沉的眼神和满头白发，才恍悟老师当年为什么眼中闪着泪光，也明白即使是终生奉献于教学与布道的虔诚信徒，也有寂寞的时候。而小老鼠那么一个小小的生灵，能体会人类一颗温厚的心，来陪伴她度过寂寞时光。

因老师的这一席话，我对老鼠更不忍动捕杀之念。因此六年前旅居纽约时，一只不时出没于旧烤箱中的小老鼠被我以花生米、乳酪等款待，渐渐交上了朋友。我曾写过一篇《鼠友》，以志其事。可是回台前，我不得不与它告别。整理行装时，它好多次跳进我的纸箱，双目瞿瞿地仰望着我。我可以体会它那份依依之情，但我若带一只老鼠回台，一定会连自己都入不了境呢。万不得已，只好把它捧到后山的一个小洞里，放些粮食在旁边，对它祝告："天宽地阔，此后你自己求生吧。"转身急速离开它，并狠心地把它出入的烤箱破洞都封住了，免它遭受房东的捕杀。想想自己曾使它享受了一段安全温饱的岁月，此后它又得过餐风饮露的流浪生活，我为自己的为德不卒而感到歉疚万分。

那年，有一次去爱荷华农庄探望一位美国老友，她安排我睡在一间温暖的小房间里。我俯身看见床下摆有一只捕鼠器，弹簧上夹着一块小小的乳酪，知道屋子里必定有老鼠出没。我竟偷偷地把乳酪取下来放在地上，让它安全地饱餐一顿离去，因为实在不忍心在深夜听到老鼠被诱杀时的凄惨叫声。第二天早晨，朋友发现乳酪没有了，老鼠也没捕到。我只好笑着据实相告，请她原谅我的无知行为，并把我们中国"为鼠常留饭"[①]的诗句讲解给她听。她无奈地摇摇头说："你是我的朋友中唯一爱老鼠的。幸亏你只是在此短期做客，如果长住我们的村庄里，大家知道了，真会把你像赶老鼠似的赶走，因为我们辛辛苦苦种的玉米如果都喂了老鼠，我们岂不是要饿肚子吗？"说得我羞惭满脸，无言以对。

可是回台以后，她有一次来信对我说："想起你那次在我家客客气气地让老鼠吃饱了回去的傻行为，我每回把乳酪装上捕鼠器时，心中不免为人类的诡诈感到一份歉疚之情。现在，我索性去除捕鼠器，仔细检查屋子，把破洞都封住、修补起来，以免老鼠再来。好朋友，我这样做，你一定比较高兴吧？"读了她这段话，我真是好感动。

这次来美，起初租的房子有庭院，几株大树与一片大草坪是松鼠最好的活动场所。我每天看它们上上下下，机灵地跳跃，觅食，努力掘洞，为冬天储藏粮食，动作非常迅速、有趣。我特地买一些花生扔给它们，它们坐下来举起两只前脚捧着，津津有味地啃食。看它们悠游快乐的神情，我深深体会到天地有好生之德的一份欣慰。但想想台湾为了维持生态平衡，保护森林与农田，不得不扑灭松鼠，实在是出于万不得已。自然界本来就是相生相克的，益虫抑或害虫原没有一个绝对的标准。

我现在的住处是新社区，绕屋只有几丛矮小的灌木、几方

----

① 出自苏轼《次韵定慧钦长老见寄八首》："为鼠常留饭，怜蛾不点灯。"

新铺的草坪，没有高高的树木与广阔的草坪，自然就没有松鼠光临。大家都说新社区好清洁，我也承认，但心里感到有点冷清，一种缺少小动物相伴的冷清。这是否就是寂寞的滋味呢？

但我当然不会愚蠢到去养一只老鼠来给自己作伴，因为像六年前那样通人性的鼠友毕竟可遇而不可求。

今年是鼠年，不由得又想起那只安危未卜的鼠友来。不过想想，如此卑微、人人厌恶的小动物居然能居十二生肖之首，而它的最大敌人猫，连谱都上不了。鼠若有知，可以扬眉吐气了。不过一听到有人喊"鼠年灭鼠"，则鼠们将更难逃浩劫，那么它的幸反而是它的大不幸了。

1984 年 1 月 31 日

报上见

　　与投契的文友通电话，道别时，我们都会说一声："报上见。"那是彼此勉励多多写稿。能在报上读到好友的文章，有如见面谈心了。

　　现代人没有一个不忙碌，内外兼顾的主妇们尤不例外。她们于一天工作、阅读之余，总会有许多感想愿意与朋友倾吐或分享。通电话吧，时间不合适，而且打扰别人的作息，尤不相宜。写信吧，朋友收到信时固然高兴，若没有时间回信，就成了心理负担。

　　有一次，和一位朋友谈得好投机，分手时，我说："我给你写信，好吗？"她坦率地笑答："我喜欢收到信，但不喜欢回信。"这正合了一位诗人的话："惯迟作答爱书来。"① 可是惯迟作答又怎能盼望多有书来呢？

　　单行道的书信，能维持长久的只有两种情形：一种是追求异性的情书，像奥国名作家茨威格著《一个陌生女人的来信》。那痴情女郎给她倾慕的男子写了一辈子的信，从没盼望得到回音。那一封封情书真个缠绵悱恻，令人百读不厌。但那毕竟是小说家的幻想呀。在实际人生中，多次书信石沉大海后也就心

---

　　① 出自清代吴伟业《梅村》："不好诣人贪客过，惯迟作答爱书来。"

灰意懒了。另一种锲而不舍的书信，就是现代的"孝顺"父母给儿女们写的信，任是不回信，仍旧继续写，且继之以越洋电话"问候"儿女平安。

我原是个比较爱写信的人，但近年来也尽量控制自己少写信，以免对朋友造成太多干扰。偶有思与感，就写成稿子寄到报刊去，尤其当身在海外时，关怀我的朋友若能看到我的作品，即使相隔万里，也就快如亲面了。这就是"报上见"的最大意义。

说起懒回信，我又不能不数落我那提笔如千斤重的"另一半"。那一年，他调职先来美国，我因教书学期未结束，仍在台北。为了怕他心挂两头，每回给他写信都把每日的生活细节不厌其详地报告，写得"情文并茂"，心想他一定感动不已。没想到他的回信像打电报，除了标点，不过数十字，末了主要的一句话并不是"相思无已时，努力加餐饭"①，而是"以后来信务要简短，我事忙又累，无时间看"。我伤心之余，才对他有"家书数字，惜墨如金"的赠言。幸得我那时所写的专栏文章时常被转载到海外，他看了非常高兴，因为读了我的短文，了解我的生活状况与心情，有接读家书之乐而无回信之苦，因此他也宁愿和我在"报上见"而不必在家书中见了。

现在我又追随他来美。每天，他下班回来，看他那副疲乏的样子，也就不想和他多说话。我这种涂涂写写的人当然睡得晚，他次晨又走得早，二人同在一个屋檐下，倒有点"参商不相见"②的样子。后来想了个办法，我如有事向他"报告"或商量，就深夜写张条子摆在他枕头边。他回答我或有事"指示"、

---

① 出自汉乐府《古诗十九首》："弃捐勿复道，努力加餐饭。"明末屈大均《红豆曲》："红豆尚可尽，相思无已时。"
② 出自杜甫《赠卫八处士》："人生不相见，动如参与商。"

我，就清晨留张条子在我枕头边。这不是什么枕边细语，而是夫妻成笔友。

写到这里，想起一个朋友的笑话。她说年少夫妻恩恩爱爱，相敬如宾，儿女一个个出生后，丈夫忙于挣钱养家，妻子忙于抚儿育女，二人倒显得彼此冷落，没什么话说了，于是由相敬如宾而变成相敬如"冰"。及至晚年，儿婚女嫁，原当是年少夫妻老来伴，有商有量才是，但遇到彼此心情恶劣时，一言不合即不免竖眉瞪眼起来，那就由相敬如"冰"变为相敬如"兵"了。想想我们能成为文绉绉的笔友而没有相敬如"兵"，已算非常值得安慰了。

在台北时，我写了稿子，他有给我"核稿"的好习惯。我必得向他呈阅，经他指点错字后才放心寄出。来美后，他却没有这份闲情逸致了。我当然不再呈阅，径自寄出。待稿子刊出，他在报上看到后，就从办公室打个电话回来，对我说："文章还不错。很高兴，我们在报上见了。"

"报上见"，我们不是笔友是什么呢？

1984 年 1 月 19 日

"一望无牙"

老婆婆打哈欠，请猜一句成语。谜底是：一望无涯（牙）。猜对了，你一定会哈哈大笑。但上了年纪的人笑完，也许不免浮起一丝丝悲哀，就是韩昌黎先生那份"视茫茫、发苍苍、齿牙动摇"[①]的悲哀。

韩文公行年未四十，就有这样衰老的现象，想来是古人实在太用功，焚膏继晷[②]之外，还有囊萤映雪、凿壁偷光等感人故事。如此折腾，眼力受损当然甚于今日的补习班小学生。

尤其是古代医学不发达，没有医术高明的眼科、牙科医生，齿危发落，只好任由它去。在古人的诗词文章中，好像没有提到"眼镜""牙刷"之类的字眼。《红楼梦》里描写贾府的豪华生活，也没谈起刷牙这回事。贾老太太饭后，只不过由丫鬟捧着银杯伺候她老人家漱漱口而已。当然，贾老太太想已是"一望无牙了"。

今日牙科医术如此发达，但牙齿的病例似乎愈来愈多，未到知命之年就"没齿难忘"的人也不在少数。我想这与饮食的复杂有关，还有一个原因就是忙。牙齿的病来得慢而不显著，很难防微杜渐，也很少人能接受医生劝告，按时检查，定时洗

---

① 出自韩愈《祭十二郎文》："吾年未四十，而视茫茫，而发苍苍，而齿牙动摇。"

② 出自韩愈《进学解》："焚膏油以继晷，恒兀兀以穷年。"

牙。即使有点蛀孔，偶然疼痛，服用点儿止痛药就忙着更重要的工作去了；非要等痛得要命时才求救于医生，往往是非拔不可的时候了。

我现在嘴里有四分之一的假牙。但真真假假，骨肉不相连，咀嚼起东西来总有"隔靴"之感。我又老是担忧，只怕支撑假牙的那几颗真牙负担过重，会提早动摇。医生总是劝我：注意牙齿卫生，刷牙姿势要正确（要上下刷，不要左右刷）；使力要平均，不可过重；每颗牙都要刷到；三餐饭后都刷牙，距离餐后不要超过三分钟，每次刷牙起码刷三分钟，这叫做"刷牙三三制"。你说几人能有此耐心？以我的粗心大意，想来距离"一望无牙"之日不远矣。但时间过得如此之快，总像有点儿不甘心。记得七八岁换牙时，摇摇欲坠的大板牙用舌尖使力一舔就掉下来了。然后双脚并排儿站好，上牙扔在床下，下牙扔上瓦背，据说牙就会长得整齐。那情景依稀就在眼前，怎么一转眼又到掉牙的时候了？只是这回掉牙，再也用不着双脚并排儿站好，然后把老牙扔进床下或扔上瓦背了。

说起牙科医生，也各有不同性格。有的医生有"拔牙热"，见不得病牙，用小棒槌敲几下就喊"拔掉拔掉"，就好像有的骨科医生一听说你哪儿疼痛就叫"开刀开刀"；有的医生却苦口婆心地劝你尽可能地保留住，真牙究竟比假牙好。我去就医的牙科医生就属于后者。他尽管被称为"拔牙圣手"，但并不主动劝人拔牙。偏偏吾友海音是一位有"拔牙瘾"的人，她硬是要求大夫左一颗、右一颗地拔，拔到后来，上下八颗门牙一起拔。"门前清"以后，马上装一口整齐雪白的假牙，"虽然是'清一色'的'全求人'①，但是痛快嘛。"她说。我真敬佩她的决心与

---

① 清一色、全求人，都是麻将和牌术语。

勇气。我呢？哪怕只剩一颗牙，只要它还牢固，我就绝对爱惜它。反正一颗牙洗刷起来也不费事，只是吃大蚕豆时要小心，别让豆壳儿套上那颗金鸡独立的老牙。否则，它也留不住的时候，我焉得不装上一口的假牙，做一个"美齿婆婆"呢？

如今旅居海外，对牙齿倒加意保护起来，因为在这里想治牙可不简单，不仅费用惊人，也不容易与医生约定时间。牙疼时想看医生，并不是叫一辆计程车就能到他诊所的。美国牙科分工极细，拔牙、抽神经、补牙、镶牙都不属同一医生，得慢慢儿个别约时间，慢慢儿地等吧。不像台湾的牙科医生，五项全能是一贯作业，费用比起美国来真是公道得多了。因此许多旅居在海外多年的，都宁愿花机票钱回台湾治牙，又可探亲、旅游，一举数得。

我目前当然还没有专程回台湾治牙的必要，但想起在台北时，只要感到牙齿有一丁点儿不舒服，就可挂个电话请教医生。在这里行吗？因此，单就牙齿来说，我在此地就没有心理上的安全感。临行时，医生曾嘱咐少吃冰的、甜的，以免刺激牙，会疼痛。可是我最贪吃的美国冰激凌岂不又冰又甜？我每回吃都战战兢兢，从舌头正中央滑下去，尽量不碰到两边的牙齿，而且吃完一定马上刷牙漱口。可是左右牙根总时常隐隐作痛，一痛起来就好想回台湾治牙。每回对他唠叨，他总是浅笑一下，说："你哪里是牙病？实在是怀乡病嘛。"

被他这一说，我的牙疼得更厉害了。

1983 年 11 月 28 日新泽西州

"一望无牙"

五个孩子的母亲

　　我认识一对姓史密斯的美国老年夫妇，他们健康、快乐，活力充沛。史密斯先生原是中学老师，已经退休好几年了。他说话缓慢而清楚，非常风趣。他喜欢讲故事，又会做很多种游戏，变很多种戏法。单是扑克牌，他就玩了很多种魔术给我看。我这个笨脑筋居然也跟他学会了几样简单的戏法。他还教我关于加减乘除的猜谜法，把我这个算术差的人搞得糊里糊涂。但是学会之后，屡试屡灵，偶尔表演一下，增添群居生活的不少情趣。为了报答他，我把小时候从外公那儿学来的几套土把戏教给他，他大为高兴，彼此都有相见恨晚之慨。
　　他说，当老师的一定要懂得轻松之道，要会说笑话，要会要一点小小的魔术，变教室为剧场，上课才快乐。否则孩子们就会笨得像牛，老师也会气得像怒吼的狮子，结果必然是两败俱伤。他那套"游戏人生"的恬然道理岂止可以应用在课堂里呢？
　　史密斯太太是个心宽体胖的女人，口若悬河，热心好客。那天她来接我去她家晚餐，经过一段高速公路，她一边跟我海阔天空地聊着，一边开着"飞快车"。我有点害怕，她说："你放心，车子如同我的肢体，操纵时根本不必用脑筋。"我问她有几个儿女，她把手掌一伸，得意地说："五个。"我"哇"了一声，表示惊叹。她大笑说："你不要吃惊。事实上我只有一个儿子，老早搬出去单独住了。我一点也不用挂心他，现在的五个孩子是我的五条狗。"我又"哇"了一声。她再度哈哈大笑起来，完全像个天真的孩子。我是爱狗的人，当然急急乎想见到她的五个"犬"子。

车子一到她家门口，五条狗一齐飞奔而出，又跳又叫，做出各种欢迎的亲昵神态。她一条条地拥抱亲吻，凯蒂、吉米、玛丽……喊着各种不同的名字，然后从提包里取出甜饼，喂到它们的嘴里。看她那份欢乐，犹胜含饴弄孙的祖母。

端出咖啡与点心后，史密斯先生说："我来弹奏钢琴名曲给你听。"从抽屉中取出一个圆筒，里面是一卷白色纸轴，纸轴上是密密麻麻的细丝小孔。他说："这就是曲子。"我怎么会懂呢？也不知他是怎么样把这卷纸轴装进钢琴里的，只听得音乐已"叮叮咚咚"地奏起来，史密斯先生却走回来坐在我对面了。我一看钢琴，就像有隐形人在弹奏似的，琴键自动地上下跳跃着，看得我目瞪口呆。更有趣的是那五条狗，音乐一起，它们就乖乖一字儿排行地端坐下来，全神贯注地歪着头听起音乐来了。真是一个奇妙的神仙家庭呢。

我问史密斯先生，这是怎样一种魔术呢？他说："这就好比现代的录音带，轴上的小孔就是音符。轴转动时，不同的小孔带动不同的琴键，叩在琴弦上发出声音，就是一支曲子。"这是一种非常古老的录音方式，但我觉得比起现代技术，殊为神奇生动。这使我想起第一次应邀访美时，在一个热心款待我的美国家庭中，他们取出一台老古董的留声机放音乐给我听。唱盘上全是如齿的细针排列着，盘一转，细针带动弹簧发出音乐声。他们告诉我，那是老祖母留下的传家宝。可见人类愈是面对方便、进步的现代文明，愈是怀念旧日，宝爱老古董。

一曲完毕，史密斯太太兴高采烈地捧出一大摞相册说："再让你欣赏另一样古董吧。"那厚厚的相册中都是他们年轻时代的照片和孩子幼年及逐渐长大过程中的照片，她指着每一张都像有说不完的故事。她丈夫在一旁幽默地说："你简单点儿讲吧。你的故事太长，吓得我们的客人没有勇气再来了。"

对着眼前的胖太太，我再不能相信她在少女时代会是那么一位窈窕淑女，可见美国中年妇女要控制体重，保持身材，是得付出很大努力的。在他们的新婚照片中，新郎英俊挺拔，与眼前这位白发皤然的老人相比，真令人有梦境中的恍惚之感呢。

可是看他们对逝去的青春这般地欣赏，对老来的相依相守如此地欣慰，我深深领悟：夫妻情爱弥坚真是人间无上的幸福，其他的都无足计较了。

史密斯太太指着一张张不同的少女照片说："你看，她们都是我儿子的女朋友，几乎一年或几个月就换一个新的。他们同居一阵子，不高兴就分手了。"

"你为他的婚姻心焦吗？"我忍不住问。

"我才不呢。"她洒脱地说，"倒是每个女孩我都很喜欢。我觉得他的运气真好，好女孩都被他碰上了。"

"我当年的运气就不大好，碰上了你，却没勇气再换了。"她丈夫插嘴道。

"如果你也像你儿子那样，我当年倒真是要考虑要不要嫁给你呢。"太太对丈夫，真是愈看愈满意。

我们谈天时，五条狗一直围绕在旁边。女主人拍拍其中傻乎乎的一条说："有一天，它忽然不见了，我真是好急，到处贴条子请仁人君子见到了千万送还我。我也登了'寻狗启事'。儿子讥笑我爱狗远胜过爱他呢。"她一口饮尽咖啡，继续说："有一次，我尽心尽意地做了他最爱吃的甜饼，老远开车去看他。他一面啃甜饼一面说：'你怎么放心把五个宝贝孩子放在家里，跑来看我呢?'你瞧他,对狗儿都吃起醋来了。"

"可见他是多么重视你对他的爱。"

她满足地仰脸笑起来。

在温暖柔和的灯光下,我看出她脸上的神情确乎是很欣慰的。美国的老年人只要身体健康,能吃能玩,都会自寻乐趣,对长大后的儿女根本不存承欢膝下的念头。其实台湾的现代中国家庭中,有几个儿女能存反哺之心呢?即使勉强住在一起,又有几家不是貌合神离的呢?

我看看史密斯太太这位拥有五个狗孩子的母亲,加上一位风趣横溢的老伴儿丈夫,她实在是非常满足快乐的。至于儿子是否娶亲,将来的儿媳是怎样一个女孩,她是绝不会像中国老母亲那么牵肠挂肚的。

五个孩子的母亲

母亲节礼物

我手上戴着一枚透明的红宝石戒指，工作时，望着它闪闪发光，煞是可爱。整整一年了，它戴在我的手上。它是母亲节的礼物。去年的母亲节，我把它套在自己的手指上。它是我为自己买的母亲节礼物。

为什么我要为自己买母亲节礼物呢？因为儿子不在身边，他去了遥远的海外。三年了，他从不记得（也许根本没想起来）给他的母亲寄一张卡片，更莫说礼物了。

他幼年时，每逢母亲节都会爬到我怀里，把幼儿园老师教他做的康乃馨用小胖手摇摇晃晃地插在我前襟的扣子上，然后亲一下我的脸颊；念中学以后，他也在每年的母亲节给我做一张贺卡，歪歪斜斜地写上"祝亲爱的妈妈快乐"。直到有一年，他花了一夜的工夫用火柴棒搭成"快乐"两个立体字送给我作为母亲节礼物以后，就再也没有把母亲节放在心上了。难道这表示他长大了吗？

小时候，他傻乎乎地说："妈妈，你不要老。等我长大了，我们一同老。"初中，他住校了。在给我的信中，他写道："妈妈，我好想家，好想你。一想到你，你就音容宛在。"又说："爸爸带我散步，我们手牵手，脚并脚，我们父子手足情深。"他总是那么地满腹经纶，成语用得如此"恰当"，看得我哭笑不得。

可是现在，他远在异乡，逢年过节不来信，平时更不来信。朋友们告诉我，曾经多次看到他，很健康快乐的样子。他们说，没有消息就是好消息，叫我放心。我自然放心，我有什么不放心的呢？曾经有人说过："儿子小时候是你的，长大了就不是你的了。"也有人说过："孩子小时候踩在你的脚尖上，长大了就踩在你的心尖上，如果你感到痛，那就是你太脆弱了。"

我真的脆弱吗？不，我的心尖虽常感到一阵阵的痛，但我并不掉泪。儿子虽忘却母亲，却有更多可爱的小读者给我来信，他（她）们有的喊我奶奶，有的喊我阿姨，有的则喊我妈妈。我拥有那么多的爱，自然很感动。

憩坐间的玻璃橱里摆满了各色各样可爱的小玩意，都是学生和读者送我的。每一样礼物都伴着一份丰厚的情谊。抚摸着它们，我有着满心的感谢和欢乐，又何必老记挂着儿子没有信，没有寄母亲节贺卡或礼物呢？

自然，玻璃橱里仍然摆着儿子为我用火柴棒搭成的"快乐"二字，虽已歪歪倒倒，火柴头的粉红色也早已退得看不清了，可是它究竟是儿子亲手为我做的。我将永远宝爱它，那就很够很够了。

我母亲在我少女时代时对我说过："一代管一代，茄子拔掉了种芥菜。你现在年纪还小，还恋着母亲。再长大一点，你就不在乎了。"母亲说这话时笑嘻嘻的，好像把亲子之情看得很透彻。可是我到远地念大学时，无时无刻不想念母亲。大学毕业，母亲就去世了。我一生抱恨未曾尽反哺之心孝顺母亲。现在我才知道为何时常感到心头酸楚，并不只为思念儿子，更是因为悼念母亲。

母亲！您说的"一代管一代，茄子拔掉了种芥菜"并不尽然啊！您逝世四十多年了，我总在思念您，想到您如果还健在，该有多好！我会如何地逗您快乐，让您享点儿晚福。

母亲！如今的时代不同了，下一代可以不要我，我却无时无刻不在追念您的抚育之恩。

我手指上的戒指又在灯下闪闪发光。如果母亲您在世，我一定把它套在您的手指上，喊一声："亲爱的妈妈，祝您母亲节快乐。"

妈妈，让鸽子回家

　　我儿子今年二十七岁，严格说起来，已将近而立之年了。他是否"而立"，我这个做母亲的担忧不了这么多，只是他现在离家这么远，尽管我对自己说："各人头顶一片天，不要牵肠挂肚。"可是，我能吗？

　　他小时候，我总是对他说："孩子，快快长大吧。"他渐渐长大了，我却又对他说："孩子，你慢慢长啊。"这种心情，恐怕天下母亲都是一样的吧。

　　如今，只要一有空，我就会回想起他幼年时一件件有趣的事、顽皮捣蛋的事。想起来，就会有时莞尔而笑，有时泪水盈眶。这种情形，相信天下母亲也都是一样的吧。

　　我现在就记起一件事儿来了：有一次，看到报上一段关于赛鸽的报道，说有的鸽子在比赛途中遇到天气突变，一时迷失了方向，不能按预期时间飞回来，就会被狠心的居民用枪打下来，成了菜肴。这种情形实在是非常悲惨的。相信鸽主心痛的并不是名鸽的金钱价值，而是那份相依相守的情义。

　　孩子看了，半晌呆呆地没有作声。我问他在想什么，他说："我若是那只迷路的鸽子，心里会多难过啊。第一，荣誉没有了。第二，家没有了。"他那一脸严肃的神情令人好心惊。不一会儿，他又说："妈妈，你写一篇鸽子回家的故事吧，写它经过好多的风险，但终于平安回家了。妈妈，一定要让鸽子回家啊。"

这回，他是一脸憨厚关切的神情，令人感动。我说："好的，我试试看。可惜我对鸽子知道得太少，一定写不好，只有养鸽子的才有经验心得呀。"

稚气的他忽然说："那我们就养鸽子吧。你不是说鸽子的性情最温驯，是代表和平的吗？"

于是他决定要养鸽子。我拗不过他，就从一个学生那儿讨来一对鸽子，又为它们买来笼子，养在阳台上。孩子好高兴，全心地照顾它们。看他变得负责又勤劳，我心中暗喜。可是鸽子长大了，生了蛋，孵了小鸽，繁殖得愈来愈多。公家房子不相宜，邻居们提出了抗议。孩子也进初中住校，无法照顾了，一笼鸽子不得不送回给那个学生。孩子星期天回来，茫茫然若有所失。他问我："妈妈，鸽子会不会飞回来呢？"我说："我想不会了，因为它们的旧主人懂得怎样照顾它们，它们会过得更快乐。"他又想起那只迷途的赛鸽来了，问我："妈妈，你写了鸽子的故事没有？"我惘怅地摇摇头。他热切地说："写嘛，妈妈，写一只鸽子迷失了方向，克服重重困难，终于回家了。妈妈，你写嘛。"

孩子的好心肠令人感动，但我没有写，到今天仍然没有写。真的写不出来，因为孩子已经长大，去了远方，他也没有回家啊。

他是不是还关怀那只迷途的鸽子，还记不记得曾经要我写一篇让鸽子回家的故事呢？

1983 年母亲节前夕

最后的两片叶子

　　欧·亨利有一篇著名的短篇小说，题目是《最后的一片叶子》。故事充满人间温暖情意，感人至深。我现在呆呆地坐在书桌前，面对的是最后的两片叶子，也给了我很深的启示。

　　去年秋天，从花店里买回一株小小的仙人掌，翠绿的叶子和硬刺辐射状向四面八方散开，非常可爱。我照着店员告诉我的方法照顾它，希望给寂寞的屋子带来点儿绿意。谁知它竟然"水土不服"，叶子一天天凋落，最后只剩了两片叶子，一左一右，非常对称地像张开手臂，不再掉了。这一线的生机使我舍不得将它丢弃，仍旧每天用点点滴滴的水从顶上慢慢淋下去。就算只剩两片叶子和一个圆圆的带刺柱子，也自有一份荒凉而顽强的美。

　　没想到立春后，光秃秃的圆柱顶上忽然吐出一根像头发那么细的嫩叶来。我真是喜出望外，原来立春一过，真个是万象回春，中国农历对节候的计算真是准确万分。一株小小的仙人掌看似奄奄一息，里面却蕴藏了旺盛的生命力，这是何等神奇！此后，它每一二天冒出一片嫩叶，像婴儿头顶的胎毛似的，一根根顽皮地竖立着。而那最后的两片老叶呢？依旧稳稳地伸张着。原来它们是在吸收阳光、空气，为稚嫩小叶输送营养，保护小叶一天天长大。因此我不必担心，这最后的两片老叶一时是不会凋谢的，它们一定会等待周围的嫩叶子都长齐、长壮了，才会安心地掉落，落在泥土里化为养料，培育下一代的嫩叶。真个是零落成泥，爱心不已。

我看着两片辛苦的叶子，心里好感动。父母抚育儿女，总要眼看他们一帆风顺地长大成人，才能放心。生命的意义不就在这一点儿对未来的培育与希望上吗？

原载 1984 年 4 月 23 日《中国时报》美洲版

快乐的罗拔多

　　清晨出去倒垃圾，见一个五短身材的壮汉在打扫停车场，修剪花木。他是生面孔，大概是社区新来的清洁工。我们互道早安后，他连忙把沉甸甸的垃圾箱盖打开，帮我把垃圾袋扔进去，盖好了，偏着头对它左看右看，得意地问我："你看它是不是漂亮多了？我把它油漆了一下，断了的一只脚也修补好了。"我仔细一看，本来丑陋的垃圾箱果然焕然一新。他又问我："你看这样摆是不是好看很多？和这棵绿树成个对比。"他仿佛把它当艺术品似的欣赏着，一点也不觉得它是一只藏垢纳污的垃圾箱。我不由得对他由衷地萌起敬意。我问他："你是新来的吗？"他高兴地说："是啊，我上工三天了。我的名字叫罗拔多。"他抽出原子笔，在手心写了 Roberto，说："要念'拔'，不念'伯'。以后有什么事都找我。马桶塞了，电灯插头不灵了，等等。"我听了真高兴。谢天谢地，那个懒惰又贪杯的意大利佬走了，换了罗拔多，一看就让人信赖。像我这样一个怕碰"电"的人，有这样一个踏踏实实的人可以随时帮忙，心里就有一份安全感。

　　他告诉我，家住得很远，每天清早开车一小时来上工，下午五点回去，连周末都不休息，星期一还来两个小时，主要是把垃圾箱弄清洁。我问他为什么不要求管理处给一间屋子。他谦卑地摇摇头说："我不要求。如果他们认为我工作做得好，值得给我一间屋子，他们会给的。有了屋子，我当然可以省点儿汽油，早上也可多睡半个小时，却少了每天下班回去和太太、孩子在一起过家庭生活的时间。什么事都有两面，你说是吗？"

他有满足的笑容、健康的体魄和一张娃娃脸。他虽说自己已经四十多岁，看去却像三十岁左右的青年。他正想用一把小斧头砍去一株枯树时，却发现上面有个鸟窝，一只母鸟有点吃惊地在树顶盘旋。他马上丢下斧头说："原来这株树是活着的，因为上面有鸟的家庭啊。"听他说得那么富于情趣，我感动地说："是真的，它是活的。"他又用手摸摸树槎处有一个小窟窿，里面是个虫窝，密密麻麻的小虫在蠕动着。他笑笑对我说："你看，这里又是一个快乐大家庭。这株树枯了，却在热心地照顾另外的生命，所以我说它仍旧是活着的。我怎么能砍它呢？"

他的笑容越发散发出光辉来。

一位清洁工如此地热爱他的工作，欣赏大自然的一事一物，心中充满爱与关怀，叫我怎能不对他满怀敬意呢？

在初冬的寒风中，我穿着厚大衣还打哆嗦，他却只穿一件圆领棉毛衫。我说："你的身体真棒，一点不怕冷。"他说："劳动就是厚大衣呀。你可得劳动哟。"

快乐的罗拔多使我一下子感到精神百倍，于是起劲地跑起步来了。

原载 1984 年 12 月 9 日《联合报》副刊

花与叶

　　因为不能饲养小动物，我只好把感情寄托在植物上。一年来，屋子里一株株的小盆栽分布得绿意盎然，它们都是我小心分枝、培育出来的，每天用手指摸摸每一盆的土，视干湿程度分别给它们喷水。它们的欣欣向荣给了我一份自信，觉得自己并不是一个不能与草木通情愫的人。

　　每回照顾花草、欣赏花草时，我都会想起故友陈克环①。她是一位非常懂得生活情趣的人，室内布置尤具艺术匠心。她曾对我说过，莳花不只为美化环境，也要与花木有心灵上的交流，所以我们在浇水或整理枝叶时不由得会对它们唱歌、说话，它们的发芽、开花也是对我们的说话与歌唱。她说得一点儿不错，我现在虽然大部分时间独处静室，而到处浮动的绿使我与它们在"相看两不厌"②中时时做着无声的交谈，因而不再有寂寞之感。

　　对着生意盎然的盆栽，不免思念起故友克环。她逝世已忽忽三年多了。感慨的是，草木逢春能再发枝，人也能如松柏，经霜愈茂吗？

　　好友送我一小盆昙花，问我会不会养。我说："不时浇点水

---

　　①　陈克环（1926—1981），武汉黄陂人，台湾地区散文家、小说家。作品有《怒瀑集》《吐蕊集》等。

　　②　出自李白《独坐敬亭山》："相看两不厌，只有敬亭山。"

就行啦。"她说："不，昙花很娇，很难伺候啊。不能晒太阳，不能太干或太湿。"但我记得，在台北时的一盆昙花原是从朋友处分来的柴棍似的一小枝，摆在室内总不长，索性搬到天井里晒着大太阳，每天浇满水，它竟一下子蹿得高高的，叶子上爆叶子，愈来愈茂盛了。但就是不结蕊，不开花，所以夜赏昙花的美梦从没实现过。最奇怪的是，在台北时，我养的所有花木都不开花。朋友送来的茶花原是开得满树的，到了我家就一朵朵萎谢了，叶子却愈长愈浓绿。连最爱开花的九重葛也只长叶子不开花，害我对着邻居墙头满串殷红的九重葛干瞪眼。水仙呢？更不用说是装蒜到底。这一古怪的"风水"如今又来了美国，我的室内仍只有绿叶，没有姹紫嫣红的花朵。

所以我知道，这株昙花，想让它开花也难。我常用茶卤灌溉它，它的叶子长得又厚又大，像透明的玻璃翠，真是好美。就看看叶子吧，不一定要赏花嘛。

最近，另一位朋友给我捧来一盆不知名称的盆栽，开着一对婷婷的玉白花朵，煞是可爱。他告诉我要多晒太阳少浇水。结果呀，一朵花儿匆匆地枯了，叶子也萎靡不振。我赶紧急救，浇了大量的水，不到半天，叶子一片片又挺立起来，可是枯了的那朵花已回天乏术。怪事却出现了：另外一朵花，明明是玉白的花瓣，不知何时竟变成了绿色，绿得跟叶子一模一样，分也分不清。好端端的玉白花朵，到了我家会变成叶子。看来我这人是没有赏花的命啦。

我还曾自作多情地欣赏前人的两句词："如梦如烟，枝上花开又十年。"① 如今既然枝上无花，也就再无"如梦如烟"之感

---

① 出自龚自珍《减字木兰花》："如梦如烟，枝上花开又十年！十年千里，风痕雨点斓斑里。莫怪怜他，身世依然是落花。"

了。不如转移老去惜花心，培植青葱绿树吧。想来世间万事都讲个"缘"字，无法强求。何况花与叶都是一样的美的奉献，我又何必对它们起什么分别心呢？记得自己的旧句："寄语春阳秋露，毋分枝北枝南。"阳光雨露对世间的一切生命都是一视同仁的，我这个同样受大自然恩泽的人又何必在花叶之间有什么选择呢？

原载 1984 年 12 月 9 日《联合报》副刊

　　　　　　　　　花与叶

静夜良伴

　　夜深倚枕阅读，鼻尖上忽觉痒酥酥的，垂下眼睛一看，原来是一只比芝麻还细的小飞虫停在"山顶"休息。这时，我只要伸出指头一抹，它马上粉身碎骨，成为一小点灰土；再用嘴一吹，它就化为乌有了，听不到一声悲惨的喊叫，看不到一丝痛苦的挣扎。在这微小的小飞虫面前，我真的是这般伟大，足以自豪吗？但我心头只有惶惑与凄然，想想自己这几天左脚轻微扭伤，举步艰难，感到十分无依无助；日前切菜又不慎伤了手指，血流如注，痛彻肺肝，心中惊恐万状。造物主赋予我们的生命是坚韧的，却也是脆弱的，让你在安全中享受生之喜悦，也让你在危难中做痛苦的挣扎。你纵有无比的勇气、智慧、毅力，在生死关头却一点儿不由得你自己作主。如今，我却要去毁灭一个毫无敌意也毫无抵抗的小生命，真为自己的残忍感到羞耻呢。

　　我这么想着，看小虫慢慢地由鼻尖爬到嘴唇边。我轻轻把手背伸过去，它丝毫不惊慌，顺理成章地爬上我的手背。我仔细地看它。原来那么细小的一只小虫竟长得非常端正、秀气：头上两根秋毫似的触须不时摆动着，小脚在交换搓动，薄得几乎看不见的两片翅膀微微张开又合拢——它是在这片广阔的平原上无忧无虑地漫步呢。温暖的灯光照着它，在它一定如春阳普照吧？看它这么自在快乐，全然不知死亡将随时降临，我怎忍心不给它一份安全感呢？不，我并无资格给它安全感，如同我并无资格夺取它的生命。它原当有它生存的权利，好像是日本的一茶和尚的诗："不要打它，苍蝇正在搓着它的手、它的脚呢！"①生命是多么美妙、庄严啊！

我呆呆地望着小虫。它不时飞起，又不时停下，停在我的手臂上、书上和摇动的笔杆上；透明的小翅膀有时抖动一下，是在伸懒腰吧？我不由得笑了。

我忽然觉得在这夜深人静之时，自己与小飞虫在形体上虽是一大一小，但生存在同一时间与空间之中，呼吸着同一种空气，在造物主眼中都只是朝菌蟪蛄般的渺小。它虽默然无声，我们却脉脉相对，我似乎感觉得出来，它把我当作朋友或当作一座山也说不定。总之，它惬意极了。于是我傻傻地低声对它说："我疲倦了，要关灯休息了。明天再见。"它也似傻傻地听着。关灯后，它没再来惊扰我。

第二天，我把它忘了。可是一到夜晚，刚捻亮灯，靠在枕上，它又悠闲地飞来了。像个老朋友似的，一下子直接停在我的手指头上，有点儿顽皮恶作剧的样子。我尖起嘴轻轻一吹，真是一阵狂风呢，好抱歉地把它吹得老远。它一定吓着了，半天不再飞来。可是灯光是温暖的，空气是沉静安详的，不一会儿，它又回来了，审慎地停在书页上，慢慢爬行一阵，感到放心了，才把翅膀收敛起来。我也恶作剧地张嘴用微微的热气去呵它，它触须抖动一下，没有飞走，知道我在跟它逗着玩。真是个聪明的小精灵呢。

它已在第四个深夜来陪伴我了。但愿它"长命百岁"，乐享天年，让我们结个忘忧之伴吧。

原载 1984 年 12 月 9 日《联合报》副刊

---

① 出自日本诗人小林一茶的俳句《苍蝇》。

黑吃黑

　　有一天，去纽约观赏画展，归途中看见街角一个水果摊位上鲜红硕大的橘子与苹果，顿时停下步子来拣了两个苹果、两个橘子。摊贩给我找钱时，两个黑人小伙子也在买橘子，他们边拣边剥开来吃，然后一人拿了一个橘子就要走。摊贩说："对不起，你们还没付钱呢。"小伙子大为光火地说："你怎么可以乱讲？我们明明给了钱。"摊贩说："没有呀，我在招呼这位客人时，你们一直在挑选，选好了就要走，几时给了钱？"可他们就是不承认，较大的一个更是竖眉瞪眼的，像吃了大冤枉。我看见那个小点儿的手心紧紧捏着一张钞票，原打算给的，看摊贩正在忙，就想浑水摸鱼，白吃白拿了。我百分之百确定他们没付钱，觉得有代摊贩作证明的责任，就忍不住说："你们可能忘掉了，好像是没给呢。"大的那个立刻猲猲然冲着我问："好像没给？你看清楚了？"那副龇牙咧嘴的样子吓得我向后退了两步。明知自己是东方弱女子，在这些不讲理的黑仔面前居然想路见不平，拔刀相助，必然要吃眼前亏。摊贩马上满脸堆笑，连连向他们道歉说："好，好，你们是给过钱了，是我记错了。你们请吧。"两个黑仔才气鼓鼓地走了，还回头把一把橘子皮扔过来泄愤。

　　我呆呆地愣在那儿好半天，买好的水果都忘了捧起来。摊贩把它递给我，抱歉地说："太太，谢谢你的好心，可是看他们那副生气的样子，为了你，我马上向他们认个错算了。你是外国人，不了解这些情况，我不能害你受惊。"他又摇摇头说："这些孩子并不是坏，只是已养成了坏习惯，想占点儿小便宜。父母亲也没时间好好管教他们。"

他说话的神情是那么地彬彬有礼，低沉的语音中带着一份无奈。他满头鬈发，两鬓有点花白，映着褐黑的皮肤与黑白分明的眼睛。他也是黑人啊！在初冬向晚的寒风中显出一副老年人的萧索与落寞。

我捧起水果袋，与他说再见。走进地下车道，心里一直在想，同是黑人，却有善良凶恶之分，刚才那一幕"黑吃黑"的情景不就是显著的例证吗？

记得好几年前，纽约地下铁里的一名黑人企图抢劫乘客，另一名强壮的黑人挺身而出，制止了他。总之，同样是圆颅方趾的人类，以肤色来分别善恶是不公平的。境遇的差异形成了他们不同的心态与行为，这实在是创造人类的上帝的不公平。黑人唱过一首歌，歌名是"不要以肤色判断我"（Don't judge me by skin），确实唱出了他们内心深切的悲愤。

原载《中华日报》副刊

　　　　　　　　黑吃黑

小黑人与一毛钱

这件事使我想起好几年前的一幕情景。那时我们住在皇后区，每周末要去自助洗衣店里洗一次衣服。有一次，一个大学生模样的中国女孩在烘衣服时一直抱怨机器不灵，说自己丢进去几毛钱，怎么只转一下子就停了？意大利老板娘生气地说："机器上面注明时间，你不会看吗？"说着，竟丢给她一毛钱说："好吧！还你一毛钱。"女学生没理会，把衣服塞进大口袋就走了。那一毛钱滚到门边，一直躺在地板上，老板娘也没去拾回。

那个女学生，我在洗衣店里看到她不止一次，她和同伴说过普通话。可是每回我笑嘻嘻地想跟她打招呼时，她总是绷着一张长脸，心事重重的样子，丝毫没有和人打交道的兴趣，我也就不再自讨没趣了。可是这次，老板娘这样扔角子表示对她的轻蔑，我心里又很不是味道，因为她是中国人啊！

这时，一个小黑人一对乌溜溜的眼睛一直盯着地上的那一毛钱，然后轻声跟正在低头折衣服的母亲说："妈咪，那边有一毛钱。"母亲只当没听见，她就跑过去捡起钱来，走回母亲身边。母亲却使力敲了她手臂一下，一毛钱落在地上，又滚得老远。小黑人大哭起来。我连忙把脸转开，生怕做母亲的不好意思。她折好衣服，拉着孩子走了，小孩仍依依不舍地回头望着地上那亮晶晶的一毛钱。

小小一间洗衣店，片刻间，有中国人、黑人、意大利人，各人都为维持一份自尊心而彼此之间显得那么不协调、不友善。可怜的小黑人，她只心疼没有捡到可以买棒棒糖吃的一毛钱，哪里知道人与人之间会有那么多的冲突与不愉快呢？

　　　　　　　　　　　　　原载《中华日报》副刊

　　　　　　　　　小黑人与一毛钱

小镇温情

住在这个范围广阔的新社区，虽然不像上一回旅美时的住所有中国邻居，感觉上多点儿照应，但在这个新鲜、陌生、静谧的小镇，有一份完全属于自己的踏实感。

每天他上班后，整个屋子里静悄悄的。天气晴朗的日子，阳光从西边的窗子涌进来，客厅落地窗对面高耸的老年公寓密密排排的玻璃窗会把阳光反射到我的屋子里，格外柔和可爱。我只要跨上阳台做晨操，练太极拳舞剑，公寓里总会有白发老妪从窗子里向我望来，笑盈盈地与我摇手打招呼。在她们眼里，可能我这个"小巧玲珑"的东方女子不是等闲之辈呢。我也不由得沾沾自喜起来，一剑在手，越舞越精神，只为有对面"包厢"里特别观众的欣赏，不知是出于人类本能的表演欲还是出于一份空谷足音的企盼心情？

这里离闹市区街道很远，绝无噪声干扰，有的是树梢的鸟鸣声、松鼠落在草地上的窸窣声、远处高速公路上传来的似潺潺流水之音的车声。这些美妙的声音组成和谐的乐曲，伴我悠闲怡悦地读书，写作。倦了，便抛下书、笔，小睡片时，或外出散一会儿步，欣赏邻家庭院的如茵芳草、似锦繁花。饿了，就从口袋里掏出心爱的零食，边走边嚼。迎面而来的行人都像是似曾相识的朋友，含笑打招呼说声"好"；如果是牵着小狗的老太太，就停下步来和她多聊几句，因为狗永远是最亲切的话题。

我真是满怀感激，感激他独力工作，可供我过几年安闲的家居生活。有时，他也会得意洋洋地说："台湾的女性，像你这样年龄的，多是出来探儿孙或为自己的事业奔忙。只有你，是我把你带出来，享几年清福。"他把"带"字说得特别响亮、有力，特别提醒我一下。我可得铭感五内，尽心做个好"煮"妇，伺候他的起居饮食哩！

盼望的是，他在繁忙工作之余能有短短几天休假，我们得以驱车出游，领略异域风光，拜访热心邀约的好友。尤其是在开车时，他可以享受百分之百的权威感。我呢？能得他"带"我驾车出游，于百分之百的安全感中，也只好变得比较婉顺了。

目前，尚未能享受假期旅游前，我先安心享受这座小镇的无限温情吧！

在我寓所附近，步行十几分钟可以到达的，有一间气派壮观的花店。跨进去时，就像置身在茂密丛林中，各种奇花异卉令人目不暇接。店主人态度和蔼，尽管每天去，只观赏而不买，他总是笑嘻嘻地跟我问好，请我随时光临，并且耐心地告诉我各种花木的照顾方法，说得很有情趣，也让我上一堂免费的园艺课。我屋子里的盆栽能如此欣欣向荣，都得益于他的指点。他说："养花木最快乐，因为它们对人的报答是非常慷慨的。它们默默地陪着你，使你在沉静中体味到彼此息息相关的亲切。"他说他不愿养小动物，因为它们使人挂心太多。他指指斜对面一间小动物美容院说："你看，那几位太太经常得带着她们的爱宠来修理毛发。她们牵着狗，是不能进我的花店的。"

那间动物美容院也是我每回经过必然伫立而观、久久舍不得走的。那些或气宇轩昂或小巧玲珑的名犬进了美容院都会自己跳上高高的平台，等待师傅为它美容。主人就坐在旁边的椅子上，边聊天边耐心地看宠物打扮好，踌躇满志地牵着回家。但无论如何养尊处优，它们走不到几步，总要翘起后腿来随地小便一番，狗性不改，也正如人类的"江山易改，本性难移"吧。据说天气寒冷的日子，老年人无法出来，可以雇人代为遛狗，按时间算钱。美国人挣钱的方式也真多呢。我忽然异想天开，无妨为邻居当一名义务遛狗员，可以暂时享受一下有名犬随身之乐。想到这里，不由得对自己笑起来。

再向前走，是一间小药房。店主人两鬓花白，穿一身白制服，洒脱的仪表很像以前美剧《医林宝鉴》的那位主角。我时常去买乳液，他总是关心地问我饮食情况和应该注意的事项，并为我说明各种维他命的功能，最后的结论也和我们中国人一样："药补不如食补。"他说："健康之道，第一是一颗快乐宽大的心，第二是有规律的生活。"我笑笑说："照你这么说，药房岂不是没有生意了吗？"他说："我一点也不担心我的店会关门。我刚才说的，有几个人能做到呢？我自己也得吃维他命丸呢。"我又对他说："在台湾时，听说去美国买什么药都得有医生处方。现在看看，你们各种不必经医生开处方的药，像伤风感冒、消炎止痛、胃病、眼耳鼻病等的用药，也应有尽有呀。"他说："当然，找医生哪有找药房老板方便？你随时可以光临，我尽义务为你讲解，不必挂号，不必等待，多省事呀？"说得也真对。想想我在台湾时，金华街巷口一间药房的老板就是我最好的医药顾问，难得的是，他从不介绍我什么贵药，也劝我少服药。我从公保门诊领回的药像花生米似的一大把，令人望而生畏，有点不敢吃。拿去问他，他总是说，治疗的药物往往有副作用。有一次，他指出其中一种丸药对肝脏有很大伤害，我马上止服了。莫说是药，想想公保医生那副"面目可憎"的神态，我们"三等"病人（等挂号，等看病，等领药）进去不到两分钟就被打发出来。病人对医生产生不了信心与好感，真个是药"倒"病除，不服也罢。对台湾，样样事想起来都有温暖在心头，唯有"公保门诊"令人"不寒而栗"。

今天身在异域，能在住所附近又发现一位像台湾那位邻居药房老板一样和善的医药顾问，真感到万分幸运呢。所以我每回散步时都要经过他的店门前，跟他摇手打招呼；看他空闲，就进去和他聊天。他如见我多日不去，就会说："你不散步，我的药就不灵喽。"

他真是一位可亲的老人。我和老伴说："如果我们的公保门诊大夫有这样一张和蔼的脸容，该多好？"他说："不一样呀，公保大夫是替公家做事，他是为自己开店呀。"

搭公车也是一乐。这里的候车亭三面都是玻璃门，挡住了风雨，迎进来阳光。你即使不搭车，散步累了，也可以坐在里面休息，和等车的乘客聊聊天。上下班高峰时间以外，班次减少，车子也很空，搭车的大都是老年人。我在他们当中，还觉得自己好"年轻"呢，因为我没像有些老太太们步履蹒跚。上下车时，我还可以帮着扶她们一把。司机的态度十分和善，绝无台北那副竖眉瞪眼连声催"快快快"的样子。他总对人说声"好"，回转头看每位乘客慢吞吞地找好位置坐定了，才踩油门开车；下车收票时，一定对人说声："谢谢，请慢慢走。"每回我下车后，都会再回头向司机望一眼，无论是白人黑人，他们都彬彬有礼。想想台北的公共"气"车，不知有没有改进一点儿？

附近的一间小型图书馆，可以随意进去阅览书刊报纸。影印工具也非常方便。借书证领取手续很简单，只要出示朋友给你写信的信封，他就给你一张卡片填上姓名、住址，不需要其他任何身份证明。我喜欢阅览的是儿童书，坐在那儿不多久就可看完一本，带着一颗欢乐的童心回来。管理员很有耐心，她们有时会为我介绍一些新添的书，并问我喜欢看些什么书。我的英文不精，她们当然没有很多可以提供，但她们服务的态度是非常诚恳的。想起海音《剪影话文坛》中引用她自己的一篇文章《生气的脸》："某图书馆样样都好，只是管理杂志的部分却摆了一位'晚娘'在那儿，要借的杂志'啪'的一声扔在你面前，借书牌也是老远扔回来。扔来扔去，倒没一次掉在地下。"写得真幽默。她感慨地说："这种'晚娘'面孔，到今天还到处可见。"我觉得事实上是有增无减。是不是工商业社会人口太密集，彼此之间空隙太少，所以难以维持礼貌呢？

去邮局寄信也是一件轻松愉快的事。由于我寄信的次数多，每次买邮票邮简也较多，邮局里一位和气的女职员已认得我。我也总喜欢把信件交在她手里，好像比扔进邮筒更放心似的。有一次，我一口气寄了十几封信，她看了一下说，"哦，你真是个写信专家。你一定有很多富裕的时间吧？"言下不胜羡慕的样子。她不知道我有喜欢投人以"纸弹"的坏习惯呢。只要我一离开，台北的朋友就遭殃啦！

有一次，我给台湾朋友寄毛线编织物。她摸了下信封，问是什么。我说是为朋友织的围巾、套袜等。她说："哦，好温暖，但愿我也能织。"停了一下，她问我："不知道你肯不肯为我的小女儿织一条围巾，我会付你钱的。"这真使我难以回答，尤其是提到金钱。只好说："我太忙，恐怕没时间呢。"她把柜台上小女儿的照片转过来给我看，说："就是她，你看她多可爱。"她确实好可爱，抱着一只小猫，笑得那么甜。我忍不住说："好，我为她织五彩毛线的、小小的围巾。"她好高兴。第二个星期，我去邮局时，把小围巾带去给她。她问我多少钱，我说："给你女儿的礼物，能收钱吗？"她大喜过望，再三地谢我，真觉得我们中国人慷慨呢！在他们而言，对时间与金钱都非常重视。可是在我们，这两样与友情相比，就无法衡量了。我与她虽是萍水相逢，点头之谊，但以"天涯若比邻"的心情来说，也是结下一段异乡善缘，带回无限温暖啊！

小镇温情

家有"怪妻"

　　旧时代读过几句书的人给太太写信时称"贤妻"，吟诗遣怀时称她为"山妻"或"老妻"，总透着一份洒脱与患难相依的亲切，几曾听见过有被称为"怪妻"的呢？

　　我们虽没有从"相敬如宾"到"相敬如冰"那种罗曼蒂克的过程，三十多年来的甘苦却是点滴在心头。他像个吃了耗子药的，喜欢搬家。最高纪录是五个多月里搬了三次家，曾戏以词为证："半岁三迁，窝庐四叠，此际酸辛无数。米盐琐事费思量，已谙得人情几许。"近十年来，他因两度调差海外，过足了搬家的瘾，我却累得只剩半条命。不安定感使我的性子变得越发急躁，记忆力退化得越发地快，出门时丢三落四是理所当然，在家里也一天到晚寻寻觅觅，渺渺茫茫。东西找不到了，就抱怨家里闹狐仙。他说："没有狐仙，倒是有个糊涂仙，就是你自己。""糊涂仙"不就是怪吗？

　　他认为我现在过的应当是难得悠闲的好时光，我却"人在福中不知福"，天天抱怨房子不在一个平面上，奔楼梯太辛苦；抱怨离市区太远，搭车购物不方便；抱怨社区不能养小动物，家居没有倾诉对象；抱怨越区电话费太贵，不能与"话友"畅所欲言；抱怨星期假日邮差休息，邮政效率不及台湾高……在如此怨声载道中，他只有作老僧入定状，充耳不闻。忍无可忍时，就叹口气说一声："真是家有怪妻。"

"家有怪妻"，听来多别扭呀，哪像"家有娇妻"的旖旎、"家有贤妻"的光彩呢？但这二者我当然都不够格，也只好无可奈何地承受了。再怎么说，总比朱红大门上挂块牌子，写着"内有恶犬"好得多吧！

自我检讨一番，最使他不满的，是本人的依赖性太重。每回与他一同外出时，只会跟在他后面亦步亦趋，要我认方向、记标志，全不放在心上。若一个人外出，就得低声下气请教他："搭哪一号地下铁？出口向左转还是向右转？"他总是很权威地交给我一张地图："看地图嘛！出口位置不同，怎么能认左右？要认东南西北方向呀。"我的天，我平生最讨厌的是地图。在中学时，地理不及格，到今天一看花花绿绿的地图就要昏倒。一气之下，自己出去摸吧，毕竟还认得几个简单的英文单词，倒也每次摸出去又摸回来了。他问我是怎么个走法，我颠三倒四地向他报告一番。他边听边摇头边纠正，我可全没听进去。下次一个人外出时，依旧没头苍蝇似的乱撞，于是他说我又笨又怪。

进超级市场买东西，我总是快步直前，见到自己喜欢的、需要的就买。他呢？一定在进门处先拿一张广告单，戴起眼镜看上面的廉价品介绍以及打折扣的优待券；然后按图索骥，分门别类，一行行货架搜索；搜索到了，再仔细看上面的说明书，一样样做比较研究——如进图书馆先查书目、索引，再抽出书来细读目录、序文。为了买一罐衣领洁或洗发水，能耗去四五分钟，等得我心急如火。他笑我粗心大意，做每件事都是浮光掠影，进入不了状况，而认为自己对一切都是抱着"做学问的态度"，看说明书也是增长学识之一途。这么个"读书人"，真不知是他怪还是我怪？

再说烧菜。他是肉食者。我呢？虽不是素食主义者，却总以为多吃蔬菜较合卫生之道。他既不能食无肉，我就把大量的洋葱、胡萝卜剁末，和入绞肉中，再加苏打饼干碎末。半磅的绞猪、牛肉，可以做出一大锅的肉丸，看起来很壮观，闻起来也香，吃到嘴里却不辨肉味。他问我："这算一道什么菜？"我答曰："汉回荤素狮子头。"他摇摇头说："倒有点儿三不像。"说得我好伤心。他可知道我挥泪剁洋葱末有多辛苦？他反倒说我："舍简而取繁，不知爱惜光阴，节啬精力，岂不怪哉？"

他吃菜主张简单明了，素是素，荤是荤。素菜就吃生菜，既简速，又营养。加的调味料是各种牌子、各种口味的，时常换。我呢？不管是法兰西的、意大利的、俄罗斯的调味料，一概拒绝，拌的是一成不变的麻油酱油醋，百分之百的中国味。他又笑我怪，吃生菜就要照洋规矩，怎么能拌麻油酱油呢？我用唱歌的调子说："我是中国人，无论到哪里，我是中国人。"他只好笑而无语了。

如今是电子时代，主妇们操持家务，尽可能以机器代劳。而我偏偏认为双手万能，人脑远胜电脑；何况老是依赖机器，必将变得四体不勤，愈来愈不听使唤。所以饭后那几个碗碟，绝不用洗碗机；但又怕洗碗机长久不用会出毛病，不得不定时地半个月开一次，冲洗一下，颇感"身为形役"①之苦。洗衣机应该是省时、省力、最方便的，但除了内衣、毛巾与床单等大件之外，比较细致料子的衣服，我都用手洗；什么地方有渍印，就用手在什么地方轻轻搓揉，搓得一点痕迹都没有，机器有这样听话吗？洗净后，用厚毛巾一卷，把水吸干，摊开来平平整整，一点不走样。这还是我念高中住校时的人工脱水法，沿用

---

① 出自陶渊明《归去来辞》："既自以心为形役，奚惆怅而独悲？"明代陈继儒《小窗幽记》中也有："心为形役，尘世马牛；身被名牵，樊笼鸡鹜。"

至今，做起来十分得心应手，也是活动筋骨法之一。他尽管穿得满意，却仍为我浪费的时间可惜，笑我是个拒绝现代文明的今之古人。

尽管这样劳动，我仍不免有东痛西痛的毛病，每天不是偏头痛就是手臂酸痛或脚后跟痛，走起路来关节还会咯吱咯吱地响，像个机器人。我知道这是年龄关系，绝对不必看医生。我有个朋友是医生，真有不舒服，可以打电话请教她，买点成药来服就好；自家的祖传偏方也相当灵验。至于"五十肩""六十肩"① 等小痛，都早已过期无效了。有一次不小心扭了踝骨，他再三劝我看骨科、照 X 光，我坚决拒绝。虽知道"伤筋动骨一百天"，休养一阵自然会好，但总是一拐一拐地拖了好久。有一天，他在办公室里忽然胃痛得不能支持，由同事开车送回家。我急得楼上楼下一阵奔，扭伤处竟霍然而愈，机器人似的咯吱咯吱声也消失了，全身筋络都通畅了。这才是见怪不怪，其怪自败呢。

我还有一个毛病，就是怕晒太阳。在亚热带台湾，夏天打伞是天经地义；可是在美国，除了下雨天，大太阳底下绝不打伞。而我即使去附近买点东西也打伞，路人为之侧目，想我一定是马戏团里耍丑角的。他劝我入境随俗，取消打伞，说洋人都特意把皮肤晒成油鸡似的，才显得健康。我说："我是中国人，皮下组织与洋人不一样。"他笑笑说："你呀，是拒绝阳光的怪人。"

有这许多与众不同之处，被称为"怪妻"倒也是实至名归、当之而无愧的，我也就安心领封了。

---

① 指肩周炎，发作于五十岁、六十岁左右，肩膀活动受限。

家有"怪妻"

窗 外

我的厨房有一扇窗户，视野相当开阔。每天在厨房里工作时，眼睛自由自在地望向窗外。天边的朝暾晚霞、不远处的亭亭花树之外，我倒是喜欢看马路上的车辆与行人。这里颇有小镇风情，不像纽约市区那么拥挤与匆忙，因此许多"老人车"像牛车似的慢吞吞，行人也走得从从容容，看上去非常有趣。

我的寓所与一幢高耸云霄的老年公寓遥遥相对，每天看一位位老人悠然自得地散步或开车，好像前面还有无穷快乐岁月的兴冲冲神情，真令人羡慕。我常常问老伴："什么时候我们也可以住老年公寓呢？不要自己做饭，不要打扫房子，多享福啊？"他说："快了快了。退休以后回台湾，住花园新城的老年公寓，比这里的还舒服呢。"我忽然感到手里的菜刀好沉重。做了几十年的"煮妇"，真想吃口现成饭，免得老伴嫌我怎么菜愈烧愈淡而无味。

每天大清早，必有一辆黄色校车驶到转角处接小学生。这些小孩子都是自己提着书包排队等车，没有大人护送。前天大雪，一个小男孩因车子还没来，就跑到雪地里跑跑跳跳；另一个大一点儿的也来和他一起玩。不一会儿，车子来了，他们急急奔向车门。小的先上了；大的一跨上去，又急忙跳下来，跑到队尾站好，那副神情非常可爱。他一定是想起自己原来不是排在前面的，不应当抢先上车。这种守秩序的精神令人很感动。

排队精神实在是非常值得提倡的。这不但可以树立良好秩序，提高工作效率，还可以培养一个人耐心与礼让的美德。其实排队的时间并不会浪费，你可以阅读，可以观察周遭事物，还可以沉思默想，时间很容易打发。听说英国人最喜欢排队，只要一个人端端正正地在某一个地方定定地站下来作排队状，后面自然会有人一个接一个地排上来，也不问目标为何。这当然是讽刺英国人呆板的一个笑话，但也可见得英国人守秩序的生活习惯已成自然了。

我们住的社区，许多房屋正在建造，因此工人每天工作不辍。其中有一位高龄的管理员，头发都白了，起得最早。不论风雨，他都开一辆小卡车，笑吟吟地高坐在上面，精神抖擞地到处为其他工作地区运送材料。经过我的窗外时，我总向他摆摆手，说声："嗨，您早。"他真是一位健壮的快乐老人。有一天，我问他有几个孙子。他开心地说："数都数不清了。反正他们一群来一群去的，我也搞不清哪个是哪个了，因为有朋友的小孩，也有邻居的孩子，他们都爱来找我玩，陪我做工。做工本来就是游戏嘛。"我问他："您整天不休息，不感到累吗？"他有点生气似的大声问我："你以为我很老了，是不是？其实不工作才累呢。"他把我从头看到脚，一定看不顺眼我那副弓腰缩脖子、站在门外风地里才一会儿就冻得受不了的样儿。我有点不好意思起来，他却高高兴兴地指着地上新铺的草坪和新栽的矮树丛说："看，这些都是我们种的，现在还秃秃的，不好看。过了冬天，就是春天，这一带就漂亮极了。"

从他闪烁的眼神里，我好像已看到春天即将来临。

托托托，他发动引擎，开着运料车走了。鲜红格子呢夹克在阳光下映衬着他的童颜鹤发，越发显得健康了。